長編小説

嫁の手ほどき

〈新装版〉

霧原一輝

竹書房文庫

目次

第一章　未亡人を誘って

1

「お義父《とう》さま、ご飯ができましたよ」

息子の嫁の遥香《はるか》に声をかけられて、安西寛之《あんざいひろゆき》は見ていた午後七時のテレビニュースをリモコンで切り、ダイニングテーブルに向かった。

「ああ、わかった」

金目鯛《きんめだい》の煮つけの香りがただよってきて、腹がぐぅと鳴った。

リビングと繋《つな》がっているダイニングでは、遥香がダイニングテーブルに、料理の載った皿を並べているところだった。

二十八歳だが、穏やかな癒《いや》し系の美人で、長い髪のウエーブのかかった毛先が、白いブラウスの胸元にふんわりとかかり、ノースリーブから突き出たいかにもしなやかそうな二の腕に目を奪われる。

「ご飯は普通盛りでいいですか？」

遥香がテーブルの上の炊飯器の蓋《ふた》を開けて、寛之の顔を見た。

「ああ、普通でいいよ」

うなずいて、遥香は炊きたてのご飯を茶碗によそい、

「お義父さま、どうぞ」

と手渡してくる。

そのとき、二人の指が触れ、電流のようなものが走って、寛之はハッとして手を引いた。それがいかにも不自然で、遥香を女として意識していることが見え見えで、自分が恥ずかしくなった。

だが、謝ってきたのは遥香のほうで、

「すみません」

と、こちら側のテーブルにご飯茶碗を置いてくれる。

前屈みになったので、白いノースリーブの襟《えり》元から大きな乳房が半分ほどのぞいて、その豊かな丸みと深い谷間に寛之はドキッとする。

「ゴホンッ……」

寛之は咳払いをして、

「じゃあ、食べようか……」

両手を合わせて『いただきます』をすると、遥香もそれに唱和する。

寛之はさっそく金目鯛の煮つけを箸《はし》でほぐして、白身を口にする。と、これが絶品だった。金目鯛特有の淡白さのなかにも甘みをともなった美味が口にひろがる。

「美味《おい》しいよ、うん、生姜《しょうが》が効いてる」

「そうですか、良かったです」

遥香が心底ほっとした顔をする。

「明日は特別の日になりそうなので、お義父さまの好物にしたんですよ」

テーブルを挟んだ席で、遥香が白い歯をのぞかせる。

目が大きくて、すっきりした口許《くちもと》をした涼やかな美人なのに、笑うと、右頰に笑窪《えくぼ》ができ、目尻がちょっとさがって、人懐《なつ》っこい顔になる。

この屈託のない笑顔に何度癒されたことか。

「明日の旅行、上手《うま》くいくといいですね」

「そんなふうに言われると、今から緊張しちゃうよ」

「お義父さま、純情ですものね」

「もう五十二歳になった男を、純情呼ばわりはないだろ」

「すみません」

遥香がかわいく首をすくめる。

じつは、寛之は明日から一泊二日の旅行に出る。

カルチャーセンターで、歴史の講座を受講しているのだが、その授業で名城を巡る旅が企画され、寛之も勇んでそれに応募したのだ。

では、遥香がなぜ明日の旅行が特別の日になりそうだと言うのかというと――。

安西寛之は二年前まで、繊維関係の商社に勤めており、経理部で課長をしていた。だが、不況に陥《おちい》った会社のリストラにあい、早期退職をした。

中間管理職としてリストラ対象者の候補に挙がったのだが、それ以上に、五年前に長年連れ添ってきた愛妻の康子《やすこ》を癌《がん》で亡くしたことで、勤労意欲を失っていたのも大きかった。

その後、清掃会社の経理として、週に四日ほど嘱託《しょくたく》で働きはじめた。

ちょうど一年前に、ひとり息子の光太《こうた》が職場結婚をして、その嫁である遥香が安西家に入ってきた。

遥香はおっとりして見えるが、じつは、光太の勤める旅行会社で受付業務をしていたこともあり、才色兼備という言葉がぴったりの嫁だった。

現在二十八歳で、家事炊事はもちろんのこと、寛之の身の回りの世話まで焼いてくれる。もっともそれには、光太が旅行会社のプランナーと添乗員をしていて、家を留守にすることが多いという原因もあるのだが――。

あれは八カ月前のことだった。

寛之には、辞めた会社に同期入社した二人の友人がいた。バブル後の不況のなかをともに戦い抜いた戦友であり、ライバルだったこともあり、心置きなく話すことのできる親友でもあった。

その三人が同期会を開いた。

銀髪の渋い男・松本達生《まつもとたつお》は会社で順調に出世して、役員をしている。もうひとりの気性は荒いが実行力のある赤井《あかい》一利《かずとし》は脱サラして独立し、小さな会社を興して社長をしている。

はっきり言って、社会的な地位という点では、三人のなかでは寛之がもっとも下である。だが、そこはかつて同じ釜の飯を食べた仲間、会えば、垣根も取れて、昔のビジネス関係での自慢話や女関係の話題で大いに盛りあがる。

確かこう言い出したのは、赤井だったような気がする。

一年後に三人で、女性同伴の旅行に行かないか。ただし条件として、女房はダメで、恋人に限る――。

なぜそういう話になったのかと言うと、その前に三人とも昔と較べて女にもてなくなった、と嘆いていたからだ。

当時、全員五十一歳で、男も五十路《いそじ》過ぎになれば、妻以外にも女のひとりふたりいても良さそうなものだ。なのに、三人とも恋人がいなかった。

男としてどうなのだろう？　ちょっと情けないんじゃないか――。

そんな話の流れで、赤井が『だったら、一年後に三人で恋人同伴の旅をしようじゃないか』という提案をしたのだった。

酒が入っていたこともあって、他の二人もその話に乗った。

他の二人に負けたくないから、恋人を作ることに必死になれそうな気がしたのだ。

松本も赤井も妻帯者で、寛之は愛妻を亡くしていた。三人とも恋人は欲しいが、こういう無謀な約束でもしない限り、本気になって恋人作りに励まない。

みんな東京に住んでいるから、関東近辺の温泉にでも集まって、女性同伴の同期会を開こうじゃないか。

その場ではそう決めたものの、正直なところ、寛之は半信半疑の状態がつづいていた。

寛之が本気に焦《あせ》りはじめたのは、赤井が数カ月前に、十二月の十九から二十日にかけて北関東にある温泉旅館を三部屋、六人分の予約をしてしまったからだ。

赤井の口振りには何となく余裕が感じられた。

(もしかして赤井のやつ、同伴できる恋人ができたんじゃないか?)

もし二人が恋人を連れてきて、自分だけひとりだったら、どんなに惨《みじ》めな思いをするだろう?

それ以降、寛之は恋人作りに躍起になった。

寛之は歴史好きで、当時すでにカルチャーセンターの歴史の講座を受けていた。その受講生のなかに、香山美可子《かやまみかこ》という三十八歳の未亡人がいて、寛之は彼女に惹《ひ》かれるものを感じていた。

これまでも、講座が終わってから何度も美可子を誘って、食事をした。

感触は悪くなかった。

そんなとき、講座の主催する名城巡りの旅が企画され、美可子に打診したところ、出ると言うので、寛之も嬉々として参加を決めた。

明日はツアー参加者二十二名で旅館に泊まる。しかも、部屋は個室だ。

美可子との距離を詰める絶好のチャンスだった。

遥香がその旨を知っているのは、請《こ》われるままに、寛之が遥香にその経緯を話したからだ。

こんなことを詳《つまび》らかにしてもしょうがないと思うのだが、遥香は不思議に相談したくなるような雰囲気があって、ついついすべてを話したくなってしまう。

金目鯛の煮つけを口に運んでいると、遥香が訊《き》いてきた。

「明日の出発は何時でしたか？」

「ああ、新宿西口に朝の八時半だから、うちを七時半に出れば大丈夫だ」

「じゃあ、いつもどおりでいいですね」

「そうだな。帰りは明後日の夕方になる」

「ふふっ、家のことは気にしないで、香山さんをしっかり攻略してくださいね」

遥香には、香山美可子のひととなりも話してあった。

「まあ、そうなんだが……ほんと言うと、自信なくてね」

「大丈夫ですよ。お義父さま、わたしから見ても素敵ですもの」

「そうか？　俺なんか、二枚目ってわけじゃないし、一流企業に勤めてるわけじゃないし……取り柄がないだろ？」

「女心をわかってないんですね。女は男の地位や容姿に惹かれるわけじゃないんですよ」

「じゃあ、何に惹かれるんだろう？」

「……やさしさですよ。ほんとうのやさしさ……」

「ううむ、やさしさってよくわからないんだよ。たとえば、どういうこと？」

「そうですね。まずは相手の気持ちを尊重することですね」

「ああ、うん、それは何となくわかる」

寛之は味噌汁をすする。

出汁《だし》の効いた薄味の豆腐《とうふ》とネギの味噌汁が、喉をやさしく通過していく。

「お義父さまの年頃ですと、下心は見せないほうが絶対にいいです。だって、香山さんは三十八歳で、お義父さまは五十二歳。十四歳の歳の開きがあるでしょ。年上の男としての落ち着きとやさしさを絶対に忘れないようにしたほうがいいと思います」

「そうだな、確かに……。焦って、下心丸出しで挑みかかっちゃいそうだものな」

「それだけご自分を客観的に見られれば大丈夫ですよ。で、迷ったときには、遠慮なくわたしのケータイに電話をくださいね。アドバイスできると思います」

「……ああ、ありがとう。いざとなったら、ご教授を願うよ」

じつはこれまでにも、遥香からは、どうしたら女性は感じるかとか、こう愛撫すればいいんですよ——などと、女性についていろいろと指南を受けている。

普通の義父と嫁ではここまで際《きわ》どい話をしないだろうが、そういう観点からすれば、二人はちょっとおかしな義父と嫁なのかもしれない。

寛之はまた魚の身をほぐして、口に運ぶ。

「光太は今夜も帰らないのか？」

「ええ……明後日まで、東北ツアーで帰ってこられないそうです」

「そうか……困ったものだな」

「いいんですよ。わたしも同じ旅行会社に勤めていたから、光太さんの大変さはよくわかります」

遥香は微笑《ほほえ》むものの、それが作り笑いであることは伝わってくる。

まだ結婚して一年。本来なら新婚生活でアツアツのところを、最近息子は週に数度しか帰宅しないから、きっと寂しいだろう。

「ご馳走《ちそう》さま。美味しかったよ」

食べ終えて礼を言うと、

「お義父さま、明日の支度済みましたか？」

遥香が涙堂《るいどう》の大きないかにも感受性の豊かそうな目で、寛之を見る。

「いや……まだ、着替えとか入れないと」

「だったら、手伝わせてください。早く済ませて、今夜はゆっくりとお休みになったほうがいいわ。明日の夜は眠れないかもしれませんよ」

遥香が悪戯《いたずら》っぽく言って、瞳のなかを覗き込んでくる。

「……そんなことはないと思うけど……。まあ、でも、そろそろやらないとな。明日はどんな服がいいと思う？」

「そうですね……お義父さまの部屋に行きましょうか。クロゼットを見て、わたしが決めてあげます」

「いや、そこまでしてくれなくても」

「行きましょ。ご馳走さま」

遥香は手を合わせると、寛之をせかせる。

遥香にはこういう強引なところもあって、そのリーダーシップに従うことが寛之には心地好《よ》かった。

二人は階段をあがって、二階にある寛之の部屋に向かう。

やる気まんまんで前を歩いていく遥香はミニスカートを穿《は》いているので、目の前でぱつぱつに張りつめたヒップが揺れている。

遥香は中肉中背でスタイルが良くて、胸はDカップくらいのちょうどいい大きさで、とくに下半身の肉付きがよかった。

贅肉がついているというより、柔らかそうで引き締まった肉がぷりっ、ぷりっとその曲線を主張している感じである。

だから、今もその豊かな双臀《そうでん》の揺れに、ついつい目がいってしまい、

(何を考えているんだ。相手は息子の嫁じゃないか)

と、自分を戒《いまし》める。

二人は二階の廊下に出て、寛之の部屋に入っていく。

かつて亡妻と二人で使っていたときは狭いと感じた夫婦の寝室が、今となっては広く感じてしまう。ダブルベッドはそのままで、妻の使っていた等身大の鏡も、時々使っていたミシンもまだ置いてある。

こうして遥香がいてくれるだけで、部屋が潤《うるお》いを増したように感じる。

遥香はクロゼットを開けると、「これがいいかな？　こっちのほうが若く見えるわ」などとシャツとズボンを選んでくれる。

それから、ぐっと前に屈んで、下の段の引き出しを開けて、下着も見てくれる。

床に這《は》う形になったので、ぱつぱつのミニスカートがずりあがって、太腿《ふともも》の後ろ側がかなり際どいところまで見えてしまった。

素足だった。むちむちっとした太腿の裏側が生々《なまなま》しい色っぽさで、目に飛び込んで

きて、寛之はあわてて目を逸《そ》らせる。

それでも、どうしてもまた視線がヒップの丸みと肉感的な太腿に引き寄せられる。

と、遥香は引き出しから幾つかの下着を取り出して、しゃがんだままこちらを振り返った。

「下着はこれでいいですね？」

訊いてくるので、寛之はうなずく。

自分の下着など目に入らなかった。なぜなら、短いスカートがずりあがったその奥のむちむちした太腿が圧迫されてひしゃげているのが、まともに目に飛び込んできたからだ。もう少しで、パンティまで見えそうだった。

だが、遥香はそんな寛之のとまどいに気づいていないのか、選んだ下着をベッドの上に置き、明日着ていくシャツとズボンをハンガーに吊るした。

「明日持っていくバッグはどれですか？」

「ああ、これで行くつもりだけど……」

寛之が小さめのスーツケースを示すと、遥香はそれをベッドに置いて、着替えや下着を手際よくスーツケースに詰めていく。

「だいたいやっておきましたので、あとは、お義父さまが必要なものを入れてください」

「ありがとう。助かったよ……何か、まるで……」

「まるで？」

遥香が小首を傾《かし》げた。

「……女房のようだと思って」

思わず口にすると、遥香ははにかんで、寛之の手を取った。

（えっ……？）

柔らかくて温かい手に驚いていると、遥香は寛之の右手を両手で包み込んで、

「お帰りになったら、戦果を教えてくださいね」

大きなアーモンド形の目に何とも言えない愛嬌《あいきょう》のある笑みを浮かべて、寛之を見る。

「あ、ああ、わかった。頑張ってみるよ」

寛之はついついもう一方の手で遥香の手を反対側から包み込んで、ぎゅっと握っていた。

遥香がじっとしているので、ごく自然に体が動いていた。

「じゃあ、頑張ってくるよ。遥香さんも応援してくれ」

そう言って、遥香を正面からハグする。

こんなことをしてはダメだと思うのだが、遥香は抱かれるままに身を任せて、拒まないので、ついついぎゅっと抱きしめてしまった。

ひとつに溶け合ってしまいそうな抱き心地のいい肢体が、腕のなかでしなった。

その瞬間、股間のものが一瞬にして硬くなった。

下腹部のものが下腹を突いたのだろう、遥香はわずかに身じろぎして、

「お義父さまの硬くなってる。これなら明日は大丈夫そうですね」

寛之をはにかんだような顔で見る。

「ああ、ゴメン……」

寛之が恥ずかしくなって腰を引くと、

「じゃあ、忘れ物をしないでくださいね」

世話女房のように言って、遥香は踵《きびす》を返し、部屋を出ていった。

2

翌日の夜、寛之は温泉旅館の食事処《どころ》で、名城巡りツアーの参加者とともに夕食を

摂《と》っていた。二十二名のツアー客の大半が男も女も熟年世代であり、寛之などまだ若いほうだった。

朝、新宿を貸切バスで出発し、山内一豊ゆかりの掛川城を見学し、その後、徳川家康ゆかりの城である岡崎城をたっぷりと時間をかけて見て、名古屋に近いこの景勝地までやってきた。

「明日は朝から、金のシャチホコが見られますね」

隣に座っている香山美可子が声をかけてくる。

長い髪をシニョンにまとめていて、お姉さま的なととのった優美な容姿をしているが、悩ましく切れあがった唇はいつも赤く濡れていて、この唇でキスされたらと思わずにはいられない。

「わたし、じつはこれまで名古屋城をじっくりと見たことがないんですよ」

「ほう、そうですか。昔、名古屋の支社に勤めていたことがあって、毎日、金のシャチホコを眺めて通勤していましたよ」

「へえ……安西さん、名古屋にもいらしたんですね」

「はい……二年くらいいました。名古屋の支社の梃子《てこ》入れで。あの頃はまだ若くてばりばり働いていましたから。まさに昔日《せきじつ》の感ですよ。今じゃ、こんなオイボレになってしまいました」

「あらっ、そうは思わないわ。安西さん、お若いですよ」

「いえいえ、昔と較べたら……」

「わたしはそうは思いません。どうして過去の自分と較べるのかしら？　もちろん、その頃の安西さんも魅力的だったでしょうが、今は今で落ち着いた大人の魅力があって、すごく素敵ですよ」

たとえお世辞《せじ》だとしても、そう言われれば悪い気はしない。

美可子がビールを勧めてくるので、寛之は酌《しゃく》を受け、そして、美可子のコップにもビールを注ぐ。

「すみません。わたし、呑兵衛《のんべえ》ですよね」

「お酒をたしなむ女の人は好きですよ。とくに、美可子さんは呑むほどに色っぽくなって、こっちがドキドキしてしまう」

「あらっ、そんなことおっしゃると、とことん呑んじゃいますよ」

「どうぞ、どうぞ……今夜は寝るだけですから」

美可子はコップの底に手を添えて、こくっ、こくっと喉を鳴らす。

あっと言う間にビールがなくなり、寛之はすかさず注ぎ足す。

　すると、それをまた美可子は見ているのが気持ちいいほど豪快に呑み干していく。美可子がこんなに呑兵衛なのは計算外だったが、酔えば理性が薄れ、寛之を受け入れてくれるのではないかという期待感も高まる。

　竹模様の浴衣《ゆかた》を着て、半帯を締めた美可子は、目許をピンクに染めていつも以上に艶《なまめ》かしく映る。

　美可子は三十八歳の女盛りで、三年前に亭主を亡くし、今は十歳の娘とともに亡夫の家でご両親とともに暮らしている。

　歴史好きの『歴女《れきじょ》』で、寛之はこの講座で彼女と知り合って、もう半年以上が経過した。

　一度みんなで呑んだとき、美可子が寛之と同じ戦国大名が好きだということがわかり、意気投合した。

　それ以来、三度ばかり講座の後で食事をし、一度は平日のお昼にデートをして、ランチを食べた。平日の昼なら、彼女の娘が小学校に通っていて時間が取れるからだ。

　戦国大名の話ではいつも盛りあがったし、美可子は自分に悪い印象は持っていないはずだった。

　しかも、美可子は未亡人であり、寛之もすでに妻を亡くしている。

二人につきあっていけないという理由はなかった。

同期会での恋人同伴での旅行という計画も頭にちらつき、寛之は今夜こそは美可子との距離を一気に縮めたいと願っている。

(問題は、美可子さんが自分をどう思っているかだが……)

三十分ほどして幹事役の締めの挨拶《あいさつ》があり、明朝の集合時間と場所が伝達されて、宴がお開きになった。

立ちあがったとき、すでに、美可子は足元がふらついていた。

「大丈夫ですか?」

「ええ……ゴメンなさいね。家庭のことを忘れて呑むのは、ほんと、ひさしぶりなんですよ。だから、ついつい……」

美可子の目許が朱を刷《は》いたように染まって、切れ長の瞳もとろんとしている。

長い間、女を抱いていないが、それが男を求めている目であることくらいはわかる。

浴衣の腰に手をまわして、酔った美可子を支えたかった。だが、みんなの目があってできないことがもどかしい。

ふらつく美可子をボディガードよろしく護《まも》りながら、食事処を出ようとすると、熟年男性会員たちの羨望《せんぼう》と非難の視線を痛いほどに感じた。

（先輩、許してください）

心のなかで許しを請い、美可子とともに階段をあがっていく。

ひとりでツアーに参加した者は個室をあてがわれている。美可子の部屋は二階で、寛之の部屋は三階にある。二階に到着したところで、美可子が自分の部屋に戻ろうとするので、寛之は焦った。

（今だ、勇気を出すんだ！）

自分を叱咤《しった》して、声をかけた。

「あの……」

「なあに？」

美可子が酔いに染まった顔を向けてくる。

「わ、私の部屋で、もう少し呑みませんか？」

断崖絶壁から飛びおりる気持ちで誘って、反応をうかがった。

美可子は一瞬寛之を見あげ、

「いいですよ」

と、艶かしく答えた。

（やった、やったぞ！）

寛之は心のなかでガッツポーズをしていた。

思い切って誘って良かった。やはり、断られることを怖がっていてはいけないのだ。

美可子を支えるように階段をのぼり、三階の廊下を美可子をエスコートしていく。

まだ抱けると決まったわけでもないのに、先走りしてしまって、緊張で身も心もこわばっている。

鍵を開けて部屋に入ると、八畳の和室にはすでに布団が敷いてあった。

美可子はちらりと布団を見たが、表情は変えないので、どう思っているのかわからない。

壁に沿って置いてある座卓の前に座布団を置いて、美可子に座ってもらう。

部屋に常備してある小瓶《こびん》のウイスキーの封を切り、手際よく水割りを作って、美可子の前に出し、その隣に胡座《あぐら》をかいた。

美可子は浴衣の袖口《そでぐち》から伸びるほっそりした手指でグラスを握り、ちびりちびりと呑む。

絵になるな、とその横顔に見とれていると、何を思ったのか、美可子は髪に手を伸ばし、シニョンに結ってあった髪をほどいた。

首を振ったので、一束の長い黒髪が生き物のように散って、肩口から胸へと枝垂《しだ》れ落ちる。

それから、膝を崩したので、白地に青竹の模様の浴衣の前身頃《まえみごろ》がはだけて、

（おっ……！）

左右の太腿が交錯する地点、むちむちとした肉のしなりに視線が釘付けになった。

美可子はしどけなく膝をひろげたまま、隣の寛之に潤んだ瞳を向け、水割りのグラスを置いた。

「安西さん……」

「はい……」

美可子は妖艶《ようえん》な笑みを口許に浮かべ、右手を寛之の膝に置いた。置くだけでなく、浴衣越しにゆるゆると内腿を撫《な》でてくるのだ。

こくっと生唾《なまつば》を呑み込んでいた。

胡座をかいたその太腿に美可子のしなやかで温かい指を感じて、股間のものが一気に力を漲《みなぎ》らせる。

「……大きくなったわ」

美可子は浴衣の股間を持ちあげた勃起に目を落として、言う。

それから、ちらりと上目遣《うわめづか》いに寛之を見て、甘い息を吐きながら、太腿を上へ上へ

と撫であげてくる。

次の瞬間、寛之の分身はブリーフ越しに柔らかな手で包み込まれていた。

「くっ……！」

まるで電気が走るような快感に、寛之は声をあげる。

指がおずおずと動きはじめて、次第に活発になり、ついにはぎゅっ、ぎゅっと擦りしごきながら、しどけなく息を弾《はず》ませるのだ。

ごく自然に体が動いていた。

「美可子さん……」

浴衣の肩を引き寄せ、正面から抱きしめた。

細身だが立体感のある肢体が腕のなかでしなって、寛之は感無量になった。

遥香にはいつも、女性は好きだとストレートに告白されたいものだと、言われていて、それが、寛之の背中を押す。

「こんなオジサンがと思うだろうが……美可子さんがずっと好きだった。大した男じゃないけど、つきあってほしい」

思い切って、打ち明けた。

不安感が急激にふくらみ、胸が張り裂けそうになった。

答えを待つその間を、ひどく長く感じた。冷や汗が噴き出して、動悸《どうき》がしてくる。

美可子が見あげて言った。

「わたし、一度結婚しているんですよ。それでも、いいんですか？」

「ああ、もちろん。それを言うなら、私もそうだ。……美可子さんと一緒にいると、和《なご》むし、愉《たの》しいんだ。だから……」

「……ほんとうに、わたしでいいんですか？」

「はい、あなただからいいんです」

「わたしで良ければ……」

美可子が胸に顔を埋めてきた。

3

女の人は後ろからやさしく抱きしめられると、安心感があり、身をゆだねたくなるのだと、遥香が言っていた。

寛之は座布団に座っている美可子の背後にまわって、後ろから慈《いつく》しむように包み込み、浴衣の襟元から右手をすべり込ませる。

と、すぐのところにノーブラの乳房が息づいていて、

「あっ……」

美可子が顔をのけぞらせて、胸に添えた寛之の手を浴衣越しにつかんだ。

すでに寛之の右手はじかに乳房をとらえている。まったりとして、豊かな乳房だった。どこまで揉んでも底がない。たわわなふくらみが手のひらのなかでくにゃくにゃと形を変えて、搗《つ》きたての餅《もち》のようにまとわりついてくる。

頂《いただき》の突起に指が触れると、

「んっ……!」

美可子は鋭く反応して、肩を震わせる。

(感じやすい身体をしている)

乳首に指が触れる形で、豊かな肉層を揉みあげると、

「あぁぁぁ……」

美可子は身を預けて、足を伸ばす。

片膝を立てているので、竹模様の浴衣が大きくはだけ、左右の膝小僧から太腿の付け根までがのぞいていた。

すべてがあらわになるのではなく、浴衣の前身頃が太腿にまとわりついているのが、

男の欲望をかきたてる。

美可子には拒む様子はない。

（いいんだな……）

寛之は思い切って左手を伸ばした。あらわになった太腿の内側に手を入れて、内腿を慎重に撫であげた。

すべすべした肌がしなりながら手のひらにまとわりついてきて、

「ぁああ、いやっ……」

美可子が膝を内側によじりたてた。

「美可子さん、あなたを感じたいんだ。感じさせてくれないか？」

耳元で思いを告げて、内腿の手をむにむにと動かすと、肉の圧迫が解けて、

「……あっ……」

美可子が顔をのけぞらせた。

（ああ、これは……！）

太腿の奥に、ミンクのように柔らかな繊毛《せんもう》とともにぬるっとした女の坩堝《るつぼ》が息づいていた。美可子が言った。

「……恥ずかしいわ。濡れてるでしょ？　自分でもわかるの」

「うれしいですよ。美可子さんがこんなになってくれて……ああ、すごい。どんどん濡れてくる」

オイルをまぶしたような狭間《はざま》の粘膜を、指で上へ下へとなぞると、

「あっ……ぁあぁうぅ……恥ずかしい」

美可子は太腿をセミの羽のように擦りあわせ、もどかしそうに腰を揺らめかせる。

（この人は切実に男を求めている。つまり、俺を求めている！）

女のさしせまった欲望を感じると、頭が痺《しび》れるような高揚感がひろがった。

（もっと、感じさせたい。いや、感じてほしい）

胸のなかに差し込んだ右手の指で、頂上の突起をつまんで、引っ張りあげる。

哺乳瓶の吸口のように伸びた乳首を、コヨリを作るように左右にねじると、

「あっ……あっ……許して……はうぅぅぅ」

美可子は後ろ手に寛之の首をかき抱き、浴衣の貼りつく下腹部をぐいぐいとせりあげる。

解かれた黒髪が垂れ落ちるその耳元が真っ赤に染まって、シャンプーされた髪から爽《さわ》やかでいながら干し草に似た日なたの芳香《ほうこう》が立ち昇る。

たまらなくなって、寛之は浴衣の襟元に手をかけてひろげながら、肩から押しさげ

ていく。

頂点の高い美しい二等辺三角形を描く首の後ろから肩のラインがあらわになり、大きなお椀《わん》を伏せたような双乳がぶるんっと転げ出る。

美可子が途中で自ら腕を抜いたので、浴衣はもろ肌脱ぎになり、一糸まとわぬ上半身が目に飛び込んでくる。

「最近、太って……見られるのが恥ずかしいわ」

美可子が乳房を隠して、ぼそっと言う。

「女の人は、多少ふくよかなほうがいいんですよ。触っていて、気持ちがいい」

寛之は腋《わき》の下から両手を差し込んで、乳房をとらえ、揉みあげる。

たわわな肉層が手のひらのなかで形を変え、指が乳首にちょっと触れただけで、

「あっ……んっ……んっ……」

美可子はびくん、びくんと震えて、ぐっと前傾した。

後ろから見ても、色白のきめ細かい肌が妖《あや》しく染まっているのがわかる。

肩から二の腕にかけてはやさしげな丸みを帯びていて、シミひとつない背中が美しい光沢を放っていた。

正面から愛撫したくなって、美可子を布団に寝させた。

黒髪が乱れつく左右対称の鎖骨《さこつ》はやや台形に開いていて、窪みが深い。

（きれいな鎖骨をしている）

骨が突き出して、皮膚が薄くなっている箇所にちゅっ、ちゅっとキスをし、舐《な》めると、

「はぅうぅぅ……」

美可子は右手の指を噛《か》んで、顎を突きあげる。

（きれいだ。しかも、品がいい）

寛之は左右の鎖骨を唾液でべとべとになるまで舐め、それから、その下のふくらみへと舌をすべらせていく。

裾野《すその》の広い双乳は見事なお椀形で、薄く張りつめた乳肌から網の目に走る青い血管が透け出していた。その中心の淡い乳暈《にゅううん》から、乳首が二段式にせりだしている。

娘を産んで授乳したはずだが、そのミルクタンクはまだまだ授乳できそうなほどに充実しきっていた。

「娘に吸われたから、乳首が大きくなってるでしょ。恥ずかしいわ」

美可子が乳房を手で隠した。

「いや、大きくないですよ。それに、透き通るようなピンクをしている。こうしたく

なる」

寛之は飛び出している乳首にしゃぶりついた。すでに硬くなっている突起を舌で上下に撥《は》ね、左右に鋭く舌を打ちつけた。と、途端に美可子の気配が変わり、

「あっ……あっ……ぁあああん……」

ぐずる子供のように甘えた声をあげ、右手を口許に押しあてて顔をぐぐっとのけぞらせる。

もう片方の乳首も同じように上下左右に舌で弾《はじ》き、反対側の乳首を指で転がす。

乳首は両方一緒に攻めたほうが、女性は感じる——。

どこで覚えたのか、寛之の体にはそういった女体攻略法が沁《し》み込んでいた。

「んっ……あっ……あっ……はうぅぅぅ……」

両方の乳首を同時に攻めると、美可子は顎を突きあげるばかりでなく、下腹部をもおねだりするようにせりあげてくる。

寛之は胸から口を離し、左右の乳首をつまんで引っ張りあげ、くにっ、くにっとこねた。伸びきった乳首がコヨリのようにねじられ、

「ああ、それ、ダメっ……いやっ……はうぅぅぅ」

胸を攻めているのに、美可子は下腹部の翳《かげ》りをぐいぐいと突きあげる。

こうして欲しいのだろうと思い、右手をおろしていくと、繊毛の底に濡れそぼった女の恥肉が息づいていた。

肉土手を上から圧迫するように押さえつけると、

「ぁああ、ぁあああ……」

美可子は欲望そのままに、恥丘を手のひらに擦りつけくる。

(濡れているところを確かめたい)

寛之は体をずらしていき、左右の膝裏をつかんで、ぐいと開きながら持ちあげた。

「ああ、いやっ……」

美可子がこれ以上は無理というところまで顔をそむけた。

そして、寛之は目の前の女の苑《その》に目を奪われた。

蘇芳《すおう》色の縁《ふち》取りのある鶏冠《とさか》のように波打つ肉びらがひろがり、その狭間には赤く濡れた内部が複雑な構造を見せている。

幾重《いくえ》にも入り組んだ襞《ひだ》と粘膜が妖しくぬめ光り、針の穴のような尿道口がのぞき、わずかに開いた膣口《ちっこう》も粘液を吐き出して、ひくひくっと収縮しているのだ。

思わずしゃぶりついていた。

ぬらつく狭間を舐め、陰唇の外側に沿った敏感な部分にも舌をツーッと走らせる。

さらに、陰唇の縁に沿って舐めると、

「ぁああ、そこ……くすぐったいけど、気持ちいい……あっ、ぁああうぅぅ」

美可子は人差し指の甲を噛んで、眉をハの字に折り曲げる。

寛之は長い間女体と接していなかったから、愛撫の仕方など忘れてしまっているのではないか、と心配していた。しかし、美可子が敏感に反応してくれるせいか、いつの間にかそんな不安はなくなっていた。

蘇芳色に変色したびらびらの縁を舐めながら、指で陰核をつまんで、くにくにとこねた。

包皮の上からだが、こりこりした陰核を感じた。そして、美可子は「ああ、ぁああぁ」と喘ぎを長く伸ばして、激しく身悶えをする。

二本の指を肉芽の両側にあてて引きあげると、包皮がつるっと剝《む》けて、宝石のような光沢を放つ肉真珠《しんじゅ》がぬっと現れる。

珊瑚《さんご》色にてかつくそれを丹念に舐めた。

上下になぞり、左右に撥ね、そして、かるく頰張る。

「はぁああ……！」

濃い翳りを繁茂《はんも》させた下腹部をぐぐっとせりあげて、

「ああ、ちょうだい……」

美可子が下からさしせまった表情で訴えてきた。

さっきから股間のものは痛いほどにいきりたっている。時間が経過しすぎたら役に立たなくなってしまいそうな気がする。

歳をとってからは、そういうことが多くあった。

寛之は顔をあげると、半帯を解き、浴衣を脱いで裸になる。

その間に、美可子も浴衣を脱ぎ、生まれたままの姿になった。

真っ白なシーツに横座りになった美可子は、ふくよかな胸にさらさらの黒髪が垂れかかり、適度に肉のついた腰まわりやヒップが熟れた女の色香をむんむんと匂い立たせている。

美可子が膝立ちになってにじり寄ってきた。

立ち尽くしている寛之の前にしゃがみ、正座の姿勢から尻をあげて、猛《たけ》りたつものをかるく握った。

美可子は見あげて、はにかんだ。それから、右手で握った肉棹《にくざお》をその感触を確かめるようにゆったりとしごいた。

「ううっ……くっ！」

充満する快感に思わず唸《うな》っていた。

と、美可子は右手でつかんだ肉の塔の、赤く剝けた丸みにちろちろと舌先を走らせながら、寛之をじっと見つめる。

目が合っても、美可子は怯《ひる》むことなく寛之に熱い視線を注ぎ、いっぱいに出した舌で亀頭部の裏側をゆったりとなぞっている。

ほつれ髪の貼りついた色白の顔の目の下がぼぅと桜色に染まり、大きな目が「気持ちいいですか？」と訊いているように思えて、

「ありがとう。すごく気持ちがいいよ。天国のようだ」

言うと、美可子はうれしそうに微笑み、茜《あかね》色に濡れた亀頭部にそっと唇をかぶせてきた。

肉棹を握っていた手を放して、一気に根元まで咥《くわ》え込んでくる。

陰毛に唇が接するまで深々と頰張り、寛之の腰を手で引き寄せて、もっと奥まで頰張れるとでもいうように、亀頭部を喉にあててぐりぐりと顔を揺する。

「くぅぅ……」

切っ先が喉できゅっと締めつけられて、小躍りしたくなるような快美感がひろがっている。

サディストなら自ら腰を振り、女をえずかせているところだ。しかし、寛之は想像はするものの、実際にするのは相手が可哀相《かわいそう》でできない。

美可子が浅く咥え直して、亀頭冠を中心に唇を素早く往復させ、同時に根元を指できゅっ、きゅっとしごいてきた。

「おおおぉ……ぁああ」

もたらされる快感に、寛之は酔いしれる。

まったりした唇と舌が連動して、敏感な亀頭冠を巧みに刺激してくる。根元をきつくしごかれ、皺《しわ》袋をやわやわと揉みしだかれる。

ジーンとした痺れが育ってきて、熱いものが噴き出しそうな予感がある。

(ダメだ、出てしまう！)

髪の毛をつかんで、動きを止めさせると、美可子がどうして、という顔で見あげてくる。

「ゴメン。出そうだった……あなたと繋がりたい」

思いを告げると、美可子は吐き出して、

「わたしも……わたしもこれが欲しい」

唾液で濡れた肉棹を握って、もどかしそうにしごいた。

4

寛之は、布団に仰向《あおむ》けになった美可子の膝をすくいあげた。

長い間していないから、女陰の位置さえあやふやで、右手で導いた分身をしっかりと翳りの底の亀裂に押しあてる。

「ぁああ、欲しい……寛之さん、ちょうだい」

美可子が自ら膝をつかんで開き、雌《めす》の器官をぐいぐい擦りつけてくる。

慎重に狙いをつけ、腰を進めると、狭い膣口を無理やり押し広げるような感触とともに、それが温かいものに包まれていく感触があって、

「くっ……ぁあぁぁぁぁ！」

美可子が喉元を一直線になるまで伸ばした。

「おおぉ……くくっ」

と、寛之も奥歯を食いしばっていた。

極上のトロのような粘膜が勃起をきゅ、きゅっと包み込んでくる。しかも、すごく温かい。

ぐいと根元まで挿入した状態で、寛之は動きを止めた。少しでも動いたら洩《も》らしてしまいそうで、微塵《みじん》も動けないのだ。しばらく体験していなかったせいもあるのだろう。

膝を離して、のけぞったまま呻《うめ》いていると、
美可子が下から両手を伸ばして、せがんでくる。

「来て……抱いてください」

寛之は覆《おお》いかぶさり、美可子の右肩から手をまわし込んで、抱きしめながら体を合わせていく。

汗ばんだ豊かな乳房が二人の間でひしゃげ、その柔らかな弾力が女体のしなやかさを伝えてくる。

美可子が寛之の顔を挟み付けるようにして、唇を求めてきた。

寛之が唇を重ねると、美可子は情熱的に唇を吸い、舌を差し込んでくる。

二人の舌がからみあい、美可子は喘ぐような息づかいとともに、寛之の口蓋に舌を走らせ、歯茎《はぐき》の裏をざらっと舐めてくる。

女の愛撫に身を任せることが心地好かった。

それが自分でも不思議だった。これまでは、セックスの場でどうにかして主導権を

握ろうと、必死に取り繕《つくろ》ってきたような気がする。

しかし、歳をとったせいだろうか、今は女の愛撫を受け入れる余裕のようなものがある。

美可子は唇を合わせて、唾液をすすりながら、M字に開いていた両足を寛之の腰にまわした。踵《かかと》で腰を引き寄せて、ぐいぐいと下腹部を擦りつけてくる。

（くおおぉ……気持ち良すぎる！）

寛之はしばらく身を任せて、美可子の上の口と下の口の蕩《とろ》けるような感触を満喫した。

だが、やはり、受身であることに慣れていないせいか、自分から動きたくなった。攻めたくなった。

唇を離して、寛之は背中を曲げ、形良くふくらんだ乳房に吸いついた。量感ある房を手で揉みしだきながら、頂上の突起に舌で刺激を送ると、美可子の気配が変わった。

「あああ、ぁああ、いい……感じるの。感じるの……」

右手の指を嚙んで、「くっ、くっ」と喘ぎをこらえる。

部屋の外に声が洩れるのをふせいでいるというより、指の背を嚙むのが、美可子の高まるときの癖なのだと思った。

左右の乳首を舌で刺激し、指で転がすうちに、美可子はもうこらえきれないとでもいうように、

「ぁああ、ぁああ……ちょうだい。突いてちょうだい」

哀切にねだってくる。

寛之は両手を立てて、腕立て伏せの格好で腰をゆったりと突き出す。すると、分身がとろとろに溶けた肉路を往復し、あふれでた蜜が二人の陰毛を濡らし、

「ぁああ、いいの……気持ちいい……ぁあああぁ」

美可子は寛之の腕をぎゅっと握り、心底から感じているのだろう、これ以上は無理というところまで顎をのけぞらせる。

寛之はもっと深いところに打ち込みたくなって、上体を起こし、美可子の膝をつかんで、ハの字に開き、腹部に押さえつけた。

と、美可子の尻が少しあがって、挿入の角度がぴたりと合い、深いところまで切っ先が届いているのがわかった。

下を見ると、黒々と密生した繊毛の底で、肉びらがOの字にひろがって、そこに肉棹がみっちりと嵌《は》まり込んでいる。

長い間、見ていなかった光景に、ボルテージが一気にあがった。

（もっと、もっと気持ち良くなってほしい）

寛之は膝の裏をつかんで力を込めて腹に押しつけ、持ちあがった膣の入口に分身を激しく打ち込んだ。

分身が膣の緊縮力に慣れたのか、さっきより余裕がある。

ずんっ、ずんっと奥まで連続して進めると、奥のほうの柔らかな粘膜がからみついてきて、

「あん、あんっ、あんっ……」

美可子が一段と高い喘ぎを放った。

両手でシーツが持ちあがるほどに握りしめて、表情が見えなくなるまで顔をのけぞらせている。

青い血管が透け出る豊かな双乳が、ぐんっと打ち込むたびに、ぶるるん、ぶるるんと揺れている。

美可子が性感を昂《たかぶ》らせているのがわかる。

そして、寛之の下腹部も甘い疼《うず》きに満たされている。

（もう少しだ……もう少しで……）

歯を食いしばって打ち込んだ。だが……。

どうしたというのだ？

急に手応えがなくなった。膣を力強く押し広げているという感触が薄れている。

（うん……？　まさか……いや、そんなはずはない）

寛之は強い摩擦を求め、腰を大きく引いて、ズンッと突き入れる。それを繰り返して、腰を引いたとき、それがちゅるっと弾き出された。

ハッとして見ると、分身はいつの間にか、勃起時の半分ほどの大きさになっていた。つまり、平常時とほとんど変わらないのだ。

（どうしよう？）

焦った。そのとき、美可子がもどかしそうに腰を揺すって、

「ああん、焦《じ》らさないで。イキそうだったの……意地悪しないでください。ぁあん、お願い……」

下腹部の濡れ溝をぐいぐい押しつけてくる。

「……ゴメン。あそこがちょっと疲れたみたいだ」

言うと、美可子が顔を起こして、下腹部のだらんとした肉の芋虫《いもむし》を見た。

「わたしが口で……」

フェラチオしようとするのを、寛之は制した。

「いいよ。汚れているものをあなたにしゃぶらせられない。その代わり……」

寛之は右手の指を二本合わせて、陰毛の底の亀裂に押しあてて、慎重にねじ込んでいく。

すでに洪水状態の女の坩堝は容易に指を呑み込んで、

「はうぅぅぅ……！」

美可子が背中をシーツに落として、顎を突きあげた。

まとわりついてくるぬるぬるの粘膜を押し退《の》けるように指を抜き差しさせると、美可子は指でも感じるのだろう、声を押し殺しながらもシーツを両手で鷲《わし》づかみにした。

ほんとうのことを言うと、フェラチオして欲しかった。だが、それでももしも勃起しなかったらと、最悪の事態を考えると、させられなかった。

いったん火の点いた女の肉体は、男根本体でなくとも感じるのだろう。

指腹を上に向けて、ちょうど指が届くあたりの天井をじっくりと押しあげるようにして、さらに小刻みに叩くと、

「ああ、そこ……」

美可子は下腹部をせりあげ、足を突っ張らせた。

「ここがいいんだね？」

「ええ……そこが……ぁあああ，もっと、もっと強く押して」

「こうか……こうか？」

Gスポットを指腹で擦りながら押しあげると、天井のざらざらの粒が感じられる。そして、膣全体が生き物のように波打ちはじめた。

「ぁああ、イキそう。あなたを感じさせて……ああ、これを、お口にちょうだい」

だらんとした肉茎を、美可子は触って、せかしてくる。

ならばと、寛之は指を挿入したまま体の向きを変え、美可子の顔面に肉茎を押しつける。男上位のシックスナインの形である。

分身を口許に押し当てると、美可子が一刻も待てないというように頬張ってきた。

一応棒状になったそれを根元まで咥え込んで、口に含む。

分身が温かい口腔にすっぽりと包まれる悦《よろこ》びのなかで、寛之は身を乗り出すようにして、美可子の膣肉を指で攻めた。

内に折り曲げた親指でくにくにとクリトリスをあやした。そして、人差し指、中指、薬指をまとめて膣口に押し込んだ。

抜き差しすると、卑猥《ひわい》な音とともに濁《にご》った蜜がすくいだされて、会陰《えいん》部をアヌスに向かってしたたり落ちていく。

三本指も付け根まで濡れそぼり、それを目にするだけで昂る。

「んんんっ……ぁおおおぉ……」

美可子は寛之のペニスを頬張ったまま、足を鈍角になるまで開いた。

そして、指の動きに呼応するように、ぐいぐいと下腹部をせりあげてくる。

「んんんっ……んんんっ……ぁああ、イキそう。寛之さん、イッちゃうわ」

美可子が肉棹を吐き出して、逼迫《ひっぱく》した口調で訴えてくる。

「いいんだぞ。イッていいんだぞ……」

寛之は三本指で天井の粒々をこれでもかと掻《か》きむしり、肉の粘膜を押しあげながら擦りあげる。

膣がゴムのように伸びて、ざらつきがまとわりついてくる。

すると、やはり少しでもペニスを感じて気を遣《や》りたいのだろう、美可子はふたたび肉棹を口におさめ、舌をねっとりとからめてくる。

なめらかな舌がまとわりつく悦びに満たされながら、寛之はGスポットを擦りあげる。

と、膣がぶわっとふくらみ、開いた足がさらにひろがり、下腹部が上へ上へと突きあげられた。

「んんっ……んんんっ……んん、あおおぉ……」

熱い息が寛之の陰毛をそよがせる。

ひろがった太腿がぶるぶると震えはじめた。

「イクんだね?」

念を押すと、美可子は肉棹を頬張ったまま何度もうなずき、もっとばかりに腰を縦に打ち振る。

「ああぁ、オチンチンが気持ちがいいよ。たまらない。美可子さん、出そうだ」

そう言って、ぐいぐいと肉天井を擦りあげたとき、

「ううううっ……うううっ……イグぅ」

美可子は恥丘をぐーんと持ちあげ、しばらくその姿勢で硬直していた。

細かい痙攣《けいれん》が膣から鼠蹊《そけい》部、太腿から足首へと伝わり、

「くっ……くっ……」

びくん、びくんと下半身が撥ねあがった。

美可子が気を遣ったのが、膣の微妙な収縮でわかった。

絶頂の痙攣がおさまるのを待って、寛之は肉茎を口から抜き取り、すぐ隣に横にな

る。

射精はできなかった。だが、美可子を絶頂へと導いたことの満足感があった。

腕を伸ばすと、美可子は寛之の左腕に頭を載せて、横臥《おうが》し、体の側面にぴたりと身を寄せてくる。

「イッちゃった……」

耳元で恥ずかしそうに言って、足を下腹部に載せてくる。

「すごかった。良かった」

「でも、わたしだけ……寛之さん、出してないでしょ？」

「いいんだ、私は……気にしなくていいよ」

見栄を張って、美可子の肩をぐっと抱き寄せる。

しばらくすると、細い指が股間に伸びて、それをまさぐってくる。

「きっと呑みすぎたんだ。それにひさしぶりなのに、美可子さんのようないい女を前にして、緊張しちゃったんだろうな」

言い訳がましく言うと、美可子の身体がずれていき、下腹部のイチモツが口腔に包まれていく。

絶妙な舌づかいが、下腹部ばかりか脳味噌まで蕩けていきそうなほどに気持ちが良

かった。

だが、寛之の分身は二度と硬くなることはなかった。

第二章　嫁の性レクチャー

1

翌日の夕方、ツアーから戻った寛之は、遥香と二人で夕餉《ゆうげ》の食卓を囲んでいた。

息子の光太は、自分で企画したツアーの添乗員として東北をまわっていて、明日にならないと帰宅しない。

向かいの席に座った遥香は、胸のふくらみを強調したサーモンピンクのタンクトップをつけているので、目の遣り場に困る。

「お疲れさまでした。ご旅行、楽しかったみたいですね」

遥香が笑顔で、ビールを注いでくれる。

前屈みになったので、タンクトップの胸元から丸々とした双乳が押し合いへし合いをしているのが目に飛び込んできた。

今夜はやけにセクシーな格好をしているな、と思いつつ、

「名城巡りの旅自体はとても楽しかったんだけどね……」

寛之は思わせぶりな答えを返す。

「……と言いますと、香山さんとは？」

遥香が心配そうに顔色をうかがってくる。

少し迷ったが、これまで遥香にはすべてを打ち明けてきたのだから、事実を話して相談に乗ってもらったほうがいいだろうと判断した。

「一応、ベッドインまでは行ったんだけどね……」

「お義父《とう》さま、やったじゃないですか……でも、だったら、どうしてそんな浮かない顔をなさっているんですか？」

「それなんだけどね。じつは……」

「じつは？　いいですよ。話してください」

「じつは……と、途中で、その何て言うか、な、中折れしてしまってね」

口に出した途端に、無念さと思い通りに行かなかったことの屈辱感が一気に押し寄せてくる。

「中折れというと……その、お入れにはなったんですね？」

遥香の妙な丁寧語に違和感を覚えながらも、答えた。

「ああ……もちろん」

「お義父さま、それだけでもすごいことですよ」

おそらく気づかってくれているのだろう、遥香が慰めてくれる。

「それはそうだけど……。だけど、途中でふにゃっとなっちゃったから、どうしてもね」

口にしながらも、俺は何てことを息子の嫁に相談しているのだ、と恥ずかしくなってきた。

遥香が箸を止めて、訊いた。

「失礼ですけど、その後は？」

「彼女はその、つまり、く、口で大きくしてくれるって言ってくれたんだけど……だけど、勃起しなかったらと思うとびびってしまって……。丁重に断ったんだ」

事実を述べると、遥香が失望したような溜息をついた。

「い、いけなかったか？」

「わたしが彼女だったら、がっくりきますね。好意を踏みにじられた感がすごいと思います」

「そうか……」

「はい……」

「だけど……オチンチンの代わりに指二本で、いや、最後は三本だったけど、彼女をきっちりイカせたんだ。それでも、ダメか？」

何だか、自分が専門家に身の下相談をしているような気さえしてきた。

「それは良かったと思います」

「そうだろ？」

「でも、彼女は寂しい思いをしたんじゃないでしょうか？　せっかくのオチンチンがあるのに、指だけでしたんでしょ？」

遥香が言うので、思わず反論していた。

「いや、指だけじゃなくて……きちんとオチンチンを咥えてもらって、したから」

「……どういうことですか？」

とっさには体位が浮かばなかったのだろう、遥香の目が泳いだ。

「つまり、男性上位のシックスナインの形だよ。私が上になって、尻を彼女に向ける形で。で、あそこを頬張ってもらって、覆いかぶさるようにあそこを指で……言ってることはわかるかな？」

「……え、ええ、わかります」

そう伏目がちに答えた遥香が、真っ赤になってうつむいた。

落ち着いて客観的に答えているようで、女としての強い羞恥心を持っていることがわかり、何だか安心した。

「最後にひとつ訊いていいですか？」

「……ああ」

「それで、香山さんはその後、どんな様子でした？」

「昇りつめて、しばらくして、彼女はアソコを、つまり、私の棹を触って、おしゃぶりしてくれたけど……でも、もう一仕事済んだ後って感じで、あれがなかなか言うことを聞いてくれなくてね」

昨夜の顚末《てんまつ》を話す間も、遥香は顔を赤らめている。

「それで、しばらく腕枕してから、彼女は部屋に帰っていったんだ」

遥香はなるほどとでも言うようにうなずいた。それから、顔をあげて訊いた。

「それで、翌日は彼女はどうでしたか？」

「それなんだが……翌朝、一緒に朝食をと思って食事処に行ったら、彼女、もう他の男と一緒にいてね」

「他の男……？」

「ああ……俺より若い男で、三十代後半かな。確か、個人で小さな会社を興してその社長をしているらしいんだが。彼が前から香山さんにモーションかけていたのはわかっていたんだけどね……」

「それで？　お義父さまはどうなされたんですか？」

「ああ、いや……二人がやけに親しそうだったし、こっちも昨夜中折れした負い目があってなかなか……」

「まさか、離れたところに席を取ったとか？」

寛之はうなずくしかなかった。

「ハァーッ」と、遥香が溜息をついて、首を横に振った。

やはり、自分は間違ったことをしたのだ。失敗したのではないかと、内心で思ってはいたのだが……。

「それで、帰りのバスではどうでしたか？」

「香山さんは、その彼とずっと話していたな。彼が香山さんの隣の席のオバサンに強引に席を譲ってもらったみたいで……香山さんとしては仕方がなかったんだけどね」

言うと、遥香が暗い顔でぼそっと呟《つぶや》いた。

「……終わりましたね」

「えっ？　終わった？」

「はい……たぶん、もう、香山さんとはダメだと思います。いいんですよ。たとえ中折れしても、彼女をイカせたんだから……でも、その後がダメです。まず、朝食時に二人に割り込んでいくべきなのに、お義父さまは引いてしまった。香山さんも、いろいろと考えたと思います。やはり、中折れで負い目を感じているんじゃないか、とか。基本的には女性は、男が勃《た》たないときは、自分に魅力がないからじゃないかと内心思っています。中折れしたのも、自分のあそこがゆるいからって考えているかもしれない。だから、彼女の自尊心も取り戻させるためにも、そこで押すべきでした。割り込むべきでしたね。帰りのバスでも、その彼がしたことをお義父さまがするべきでした」

「いや、だけど、そんな露骨なことをしたら、かえって嫌われるんじゃないかと思ったんだが……」

「お義父さま、女心がわかってないんだわ。格好悪いのが、女には逆に格好いいと思えるときがあるんですよ」

「そうか……？」

遥香がうなずいた。

「香山さんのことは、ひとまずきっぱりと忘れましょう。向こうから来たら、それはまた別ですよ」

「そうか……やっぱり、まずかったか……」

「ひとまず、忘れましょう。少しはご飯を召しあがっていただかないと。栄養つけて、また明日から新しい女性にチャレンジしましょう」

遥香は寛之を勇気づけ、茶碗にご飯をよそって、

「残さずに食べてくださいね」

ぐいと差し出してくる。

「ああ、わかったよ」

寛之はお新香を載せて、白米を一気にかきこんだ。

2

その夜、寛之は食後の休憩を取ってから、旅の疲れを癒そうと早めにお風呂に入った。

家の慣れた浴槽につかっていると、隣の洗面所兼脱衣所に人が入ってくる気配がした。

遥香が歯でも磨いているのだろうか。

様子をうかがいながら浴槽につかっていると、いきなりアコーディオンドアが開い

て、胸から下をバスタオルで覆った遥香が洗い場に入ってきた。

きょとんとしてしまった。

「お義父さま、お疲れになったでしょ？　背中を流させてくださいな」

遥香がこちらを向いて、笑窪とともににっこり微笑んだ。

「いや、だけど……」

「いいじゃないですか、たまには」

遥香は洗い場のタイルに片膝をつき、シャワーを出して温度を調節する。

遥香がこの家に入って一年が経過するが、これまで背中を流してもらったことなどない。

どういう心境の変化なのだろう？　とまどっているうちにも、遥香はカランからお湯を出して、洗面器を満たす。

右側の膝をついているので、白いバスタオルの前がはだけて、むっちりとした内腿がちらちらと見える。

それに、胸の上部を一直線に走るバスタオルを、おそらくノーブラだろう乳房が持ちあげていて、深く、豊かな胸の谷間はおろか、ふくらみの頂上にはぽっちりとした突起が浮き出ているのだ。

「準備ができました。お義父さま、早く……のぼせちゃいますよ」

それが当然のごとく言われると、拒むほうがかえって遥香を女として意識している気がして、ここは素直に従うことにした。

浴槽をまたいで洗い場に出て、前を手で隠し、洗い椅子に腰をおろした。

プラスチックの椅子だが、さっきから遥香がシャワーで温めてくれていたので、人肌に温まっていた。

固形石鹸《せっけん》を洗いタオルで泡立てた遥香が、タオルごと白い泡を肩から背中へと塗り伸ばしてくる。

「やはり、男の人は違いますね。お義父さま、そんなにがっちりした体格には見えないのに、背中がすごく広いわ」

「そうか？　こう見えても、昔、野球をやっていたからな」

「ああ、そうか。それで、光太さんも野球をするんですね。以前は彼の試合をよく見に行ったわ。でも、光太さん補欠で、なかなか出番はなかったんですよ」

「うちは女房の運動神経が鈍かったからな。光太にもそれが遺伝したんだろう。でも、女房のいつも前向きなところは受け継いだみたいだから、よしとしなければ」

そう答える間にも、肩甲骨《けんこうこつ》から背骨の両脇、さらに、脇腹へとソープまみれのタオルがすべっていき、やさしさに包み込まれるようで、一気に癒されていく。

「いったん、流しますね」

遥香がシャワーのノズルをつかんで、肩から温かいシャワーをかけてくれる。

ふと前に視線をやると、正面の鏡に、自分の体越しに両膝立ちになった遥香の姿が映っていた。

シャワーの撥ねた水しぶきを浴びて、白いバスタオルにところどころ水が沁み、そこから肌色が透け出ている。

（へえ、色っぽいじゃないか）

男も歳をとるにつれて、じかに裸を見るよりも、チラリズムや布地越しの肌に敏感に反応するようになる。たぶん、見えそうで見えないものに対する昂奮《こうふん》度が高まるのだろう。

遥香が止めたシャワーノズルを横に置いたので、鏡越しに、左側の太腿が見えた。

白いバスタオルで太腿の途中まで隠れているが、タオルが濡れて肌に貼りつき、肌色が透け出ている。

と、遥香が泡立てたタオルを胸のほうにまわし込んできた。腋の下から手を入れて、胸から腹部にかけてソープを塗りつけてくるので、身体が密着して、背中にむにゅっとした乳房の弾力が伝わってきた。

(ああ、いかん……！)

たわわなオッパイがぶわわんと押しつけられるのを布地越しに感じて、股間のものが敏感に反応した。

(こういうときは鈍感でいいんだけどな)

ままならない愚息《ぐそく》に溜息をついていると、ぬるぬるしたタオルが下腹部へと降りてきた。

内股になってふせごうとしたが、その前にタオルが股間をとらえていた。

睾丸《こうがん》のほうから上へ上へとなぞりあげてくるので、半勃起状態のイチモツの裏筋を撫であげられる形になって、ますます力が漲ってしまう。

(おい、こらっ、やめないか)

心のなかで訴えていた。だが、欲しい刺激を与えられて、イチモツがさらに怒張してしまった。

(ダメだ。これでは、明らかに勃起がわかってしまう)

羞恥で、耳の裏がカッと熱くなる。

そのとき、石鹸まみれの指が勃起にまとわりついてきた。

（えっ……！）

振り払おうとしたのだが、肉棒を握られると、体が硬直してしまう。

「カチカチですね……怖いくらいに」

遥香が耳元で囁《ささや》いた。

相手は息子の嫁である。つまり、家族だ。

たとえ血が繋がっていなくとも、同じ屋根の下にいる者がこんなことをしてはいけない――。

気持ちとは裏腹に、分身は悦びで脈打っている。と、遥香がゆったりとしごきながら、後ろから言った。

「お義父さま、中折れするっておっしゃったでしょ？」

「……うん？　ああ……」

「勃起を維持できないのは、体力的なことだけじゃなくて、気持ちの問題もあると思うんです。わたしが時間を計りますから、まずは十分の間、勃たせつづけてください」

遥香がまさかのことを言う。

「いや、だけど……」

気持ちはありがたいが、義父と娘なのだから許されることではないだろう。

そう言いたかったが、言葉が尻すぼみになってしまう。

「ちょっと待ってくださいね」

遥香はいったん脱衣所に出て、すぐに戻ってきた。手にはスマートフォンを持っている。

「防水加工がしてあるから、多少濡れても平気です」

そう言って、画面をスライドさせ、タップして、ストップウォッチ機能を出し、スイッチを押した。

目の前で操作したので、デジタルの数字がすごい早さで秒を刻んでいくのが見える。

「では、よく見えるようにここに置いておきますね」

遥香が赤いスマートフォンを正面の鏡の下の棚に立てて置き、また、股間のものをゆるやかにしごきはじめた。

(こんなこと、あり得ないだろう)

理性では自分たちのしていることが、いかに常識を外れているかくらいわかっている。だが、石鹸まみれの指でゆるやかに分身を擦られると、心地好さがふくらんできて、常識などどこかに飛んでいってしまうのだ。

しかし、不思議なものでしばらくすると、刺激に慣れてしまったのか、分身がへたりはじめた。

それを察知したのだろう、遥香がつけていたバスタオルを胸から外した。

一糸まとわぬ姿になったはずだが、鏡には全身が映らないからよく見えない。

と、遥香は自分にもシャワーをかけて肌を濡らし、そこに、泡立てたソープを塗りはじめた。

そして、両手で石鹸を泡立てて、後ろから覆いかぶさるようにして、股間のものを両手で揉みしだいてくる。

「おおぉ……くぅぅ」

ぬるぬるした手のひらが男の急所をマッサージしてくる。

それに、背中にはソープでコーティングされた胸のふくらみが押しつけられている。

あらたな刺激を受けて、分身がまた力を漲らせてきた。

ふと前を見ると、スマートフォンのタイムはまだ四分を少し過ぎたところだ。こうして実際に計ってみると、十分というのがいかに長いかがよくわかる。

屹立《きつりつ》がへたりそうになると、遥香はしごく力を強め、

「ああ……ぁあああ、お義父さま……お義父さまのカッチンカッチンだわ。ああん、これが欲しい。遥香のなかに欲しい……ぁあああん」

耳元で艶かしく喘ぐので、寛之の分身はまた力を取り戻す。

そのうちに、遥香の身体をもっと感じたくなり、やがて、それは抗しきれない欲望となった。

「触りたいな、遥香さんの身体に。そうしないと、ふにゃっとなっちゃいそうだ」

断られるかもしれないと思いつつも、切実な気持ちを訴えていた。

「しょうがないお義父さま……少しだけですよ」

「ああ、わかってる。すまないと思ってるよ。だけど……どうしても触りたいんだ」

「じゃあ、椅子ごとこっちに向いてください」

遥香に言われて、寛之は嬉々として椅子を持ちあげ、向きを変えて、また座った。

（ああ、すごい！）

目の前で息づく女体をどう表現すればいいのか？

お湯を弾いた身体はソープの白い泡をところどころにつけて、全体としてはすらりとしてウエストなどもきゅっと締まっている。

だが、モデル体型とは違い、やさしげでしなやかそうな肉が適度につき、女らしい丸みを帯びていた。

かるくウエーブして散った髪が、たわわと言っていい乳房のふくらみに垂れかかり、硬貨大のちょうどいい大きさの乳暈から敏感そうな乳首が二段式にせりだしている。

乳房の上側のスロープは、まるでスキーのジャンプ台みたいだった。ゆるやかな下方曲線をなしているが、乳首のところで傾斜が上にあがっている。

そして、むちむちとした柔らかそうな腹部の下に、密生した繊毛が中央だけ生えていて、その縁にはほとんど陰毛がない。

こくっ、と生唾を呑んでいた。

「……いいですよ、触って」

寛之はおずおずと両手を胸に伸ばした。

推定Dカップのちょうどいいふくらみを左右の手でつかみ、持ちあげるようにして、重さを体感した。

ゆるゆると揉みあげる間も、遥香は伸ばした右手で、下腹部のイチモツを握りしごいてくれている。

左右の乳房を下からたぷたぷと揺らし、豊かな量感と指が沈み込むような柔らかさを満喫した。

「乳首も、いいか？」

「……いい、ですよ」

そう答える遥香の声が上擦っていた。

いくら、義父に性の手ほどきをしているとはいえ、やはり、遥香もオッパイを触られれば感じるのだろう。

寛之は頂上の突起を指先でつまみ、くり、くりっとラジオのダイヤルのようにねじってみた。

と、まだ柔らかさを残していた乳首が一気に硬くなって、円柱形にふくらんできた。

そして、遥香はうつむいて、唇を嚙みしめ、

「んっ……んっ……」

洩れそうになる声を必死に押し殺している。

肉棹をしごいていた指もいつの間にか動きを止めて、いきりたつものをただ握ったままになっている。

(やはり、遥香さんも感じているんだな)

性の手ほどきをしながらも、敏感な肉体が反応してしまう——。

そう言えば、一度、夫婦の寝室から閨《ねや》の声が聞こえてきたことがあった。あのとき、遥香は普段のしっかり者で聡明な彼女からは想像できないような、艶かしく、奔放な女の声をあげていた。

（光太の出張が多いから、遥香さんも満たされていないのかもしれないな）

股間の肉柱には芯が一本通ったようで、もう何があってもこの勃起は解けないだろうという実感があった。

ふとスマートフォンを見ると、ストップウオッチが七分を経過したことを示していた。

（もう、三分しかないじゃないか）

さっきまでは、十分も勃起を維持できるのだろうかという不安でいっぱいだったのに、今は逆にもう三分しかないことに物足りなさを覚えていた。

寛之は息子の嫁の清新なピンクを残した乳首を、両方、くりっくりっと転がし、引っ張りあげておいて、押しつぶすようにつまんだ。

「ぁあああ、それ……」

敏感に反応して、遥香が顎をせりあげ、切なげに眉根を寄せる。

やはり、感度は抜群のようだ。

寛之がいったん乳首を離すと、遥香が言いにくそうに切り出してきた。

「あの……お義父さま、つかぬことをお聞きしますが……」

「何だい？」

短く返すその言葉が、恥ずかしいほどに上擦っている。

「今でも、ご、ご自分で、その、あれを……オ、オナニーをなさいますか？」

「……まあ、しないこともないけど、それが何か？」

頻繁《ひんぱん》ではないが、下半身がむずむずしてきたときにはひとりでしていた。

「そのとき、あ、あれを強く握りすぎていませんか？」

「どういうこと？」

「オチンチンを強く握ってオナニーすると、女性のなかでイケなくなるし、中折れするらしいです。つまり、膣の締めつける力は指と較べると、はるかに弱いですから。だから、強く握ってオナニーする人は、どうしても膣の締めつけを物足りなく感じて途中でふにゃっとなってしまうし、イケないケースもあるって、何かで読みました」

「うん、それは聞いたことがあるな」

「だから、あの……できたらでいいですけど、オナニーするところを見せてもらえませんか？」

「強く握りすぎていないか、確かめたいってことだね？」

「ええ……」

「いいけど……ちょっと恥ずかしいな」

そう答えながらも、寛之は女性の前でセンズリしたら、案外気持ちいいんじゃないかとも思っていた。

「だったら、わたしもしていいですよ、オナニー……」

「えっ……？」

「だって、お義父さまが自分だけするのは恥ずかしいっておっしゃるから。でもべつに、わたしはしなくてもいいんですよ」

「いや、それだったら、見せてほしいな。お互いに見せっこすれば、恥ずかしくなくなる」

嫁からの驚くべき提案にそう返しながら、寛之は気持ちもあそこも昂ってくるのを感じていた。

3

寛之は洗い椅子に腰をおろしたまま、そそりたつものを右手で握り、ゆるゆるとしごく。

天を突く怒張はこの状況に昂奮しているのか、いつもの勃起時よりひとまわり大きくなっているように感じる。

寛之の亀頭部はどういうわけか歳をとっても、見事な茜色をしていた。

握った包皮を亀頭冠にぶつけるように、きゅっ、きゅっとしごく。

そして、遥香はそのわずか一メートルほど向こうで、洗いマットに上半身を立てる格好で腰をおろし、M字開脚した太腿の奥を右手でまさぐっている。

遥香は、センズリを観察するという目的があるためか、寛之の勃起と指の動きにじっと視線を注いでいる。

美しい女性に恥ずかしいオナニーの一部始終を見られているという気持ちが妙な具合に作用して、いつもより快美感が強い。

知らずしらずのうちに大きくしごいていた。すると、遥香が言った。

「お義父さま、強すぎますよ。そんなにぎゅっ、ぎゅっとしごいたら、その強さに慣れてしまいます。女性器って、いくら締まりが良くても、今のお義父さまの指ほどには強く締められません。ですから、もっとゆったりと。握りしめないで」

「おおぉ、そうか。確かにその通りだな」

指の力を抜いたところ、急に刺激が物足りなくなって、不肖《ふしょう》のムスコが一気に力を失くした。

「ほら、こんなになってしまった」

「お義父さま、わたしを見て……遥香のいやらしいあそこを見て」

遥香が両手の指を陰唇に添えて、ぐいとひろげた。

「おおおぉ！」

大輪の真っ赤な薔薇《ばら》が咲いたようだった。

たっぷりの花蜜をたたえた肉襞がぬっと姿を現し、その内部のサーモンピンクの粘膜までもが目に飛び込んできた。

「ぁああ、恥ずかしいわ」

「すごいよ、すごい……いやらしく光ってるよ。だけど、すごくきれいだ」

「ぁああ……見ないでください……ぁああ、ぁああ、いや、いや……」

言葉とは裏腹に、遥香は左右の手指で肉扉を開閉させるので、くちゅ、くちゅっと淫靡《いんび》な音がして、内部の潤みが見え隠れする。

「ああ、ダメっ……こんなこと……恥ずかしい」

羞恥に目の下を赤く染めながらも、遥香は右手の中指をくいっと曲げた。次の瞬間長い指が膣の奥へと消えていた。

そして、前屈みになって、中指をリズミカルに抽送《ちゅうそう》し、内部を擦りあげるように

抜き差しし、

「ぁああ、気持ちいいの。お義父さま、遥香、気持ちいいの」

寛之に潤みきった瞳を向ける。

左手を後ろに突いて、足を大きくM字に開き、寛之に向かって下腹部をぐいぐい突き出すので、翳りの底に中指が根元まで没しているのが見え、くちゅくちゅとくぐもった音が卑猥に響く。

「ぁああおおっ……遥香さん！」

寛之は、欲望をあらわにした女の姿に視線を釘付けにされつつ、猛りたつものを力強くしごきまくった。

途中で、あっと自分のしていることに気づく。

肉棒が圧力でへし折れそうなほどに強く握りしめていた。

(ダメじゃないか。このことを遥香さんは指摘しているんだ。柔らかく、ソフトに)

そう自戒するものの、性感が上昇してくると、どうしても癖が出て、ぎゅうと握ってしまう。

と、遥香がオナニーをやめて、近づいてきた。

「あれほど言ってるのに、強くしごきすぎます。今だって、そうでしょ？」

「ああ、わかってる。わかっているんだが、やめられないんだ」

「しょうがないですね」

遥香は寛之を立たせて、浴槽の縁に腰をおろさせた。

そして、開いた足の間にしゃがんで、見あげてくる。

「お口でしますから、なかで出してください」

「えっ……いいのか？」

「だって、仕方ないでしょ？　お義父さまはいくら言っても、目一杯しごいてしまうんだから。口ではいくらやってもそんなに強くは締めつけられません。だから、お口に出せたら、きっと中折れも治ると思います」

遥香はいきりたちを握って、かるくしごきながらつづける。

「ああ、なるほど。確かにそうかもしれない」

そう言いながらも、寛之はどこかしめしめと思っている自分に気づく。

「でも、このことは絶対に内緒ですよ。光太さんがこんなことを知ったら……」

「わかってる。口が割けても言わないよ」

「それから、わたしはお義父さまに恋人を作ってほしいからするんです。決して、欲求不満でするわけじゃありません。それだけはわかってください」

「ああ、もちろん、わかってる。遥香さんは私のためにしてくれるんだ」

相槌《あいづち》を打つと、遥香は天使のように微笑んで、口を寄せてきた。

いきなり本体に触れることはしないで、内腿を鼠蹊部に向かって舐めあげてくる。その間も、腰のあたりを撫でている。

遥香はとても愛撫が上手だった。

光太は女を育てられるようなタイプではないから、おそらくつきあう前から、遥香はセックスに長《た》けていたのだろう。

よく動く舌が鼠蹊部をなぞりあげ、睾丸から裏筋にかけて這いあがってくる。

ゾクゾクッ……！

戦慄が下腹部からひろがり、肌が粟立《あわだ》ってきた。

遥香は身を預けながら、そそりたつ肉柱をつかんで、その裏側をツーッ、ツーッと何度も舐めあげる。

亀頭冠の真裏にある裏筋の発着点、包皮小帯を集中的に舌で刺激し、蛇《へび》のような舌づかいでちろちろとあやしながら、その効果を推《お》し量《はか》るような目で見あげてくる。

気持ちいいですか、と訊かれているようで、

「遥香さん、すごく気持ちがいいよ。こんなの初めてだ」

言うと、遥香は目を細め、上から頬張ってきた。

やはり、ゆるさのなかでの快感を味わってほしいのだろうか、強くは締めつけないで、ふっくらとした唇を慎重にすべらせる。

遥香は口角のきゅっと吊りあがった涼しげな口許をしているが、口は小さめで、唇は中央が厚くて豊かなせいか、触感がぷにっとしてソフトだ。

そのせいもあるのだろう、唇が今どこにあって、どうすべっていくかをつぶさに感じることができる。

しかも、唇を切っ先から根元までゆったりと往復させながら、皺袋をやわやわとあやし、その奥の蟻《あり》の門渡《とわた》りまで指で圧迫を加えるという絶妙な口唇愛撫である。

顔立ちのととのったやさしげな美人で、笑うと人懐っこいし、家事もそつなくこなす。

あらためて、息子のようないい加減な男が遥香のような女性と結婚できたことに、感謝したくなった。

そして、今、自分はその息子の嫁にフェラチオしてもらっているのだ——。

罪悪感はある。しかし、これは肉欲の果ての愛撫ではなく、あくまでも寛之が恋人を獲得するための手ほどきを受けているのだと思うと、後ろめたさは少しは減少する。

遥香は強く圧迫を与えるのを避けているのか、あくまでもソフトタッチの口唇愛撫を繰り返す。

それでも、舌が性感帯を絶妙に刺激してくるので、ムスコが力を失くすということなく、ちゃんといきりたっている。

ふと、鏡の下のスマートフォンに目をやると、画面には十五分二十五秒と出ている。

(すごいぞ。もう、こんな長時間勃ちつづけている)

自分を褒めてやりたくなったが、褒めるべきは、遥香のほうだと思い直した。

遥香は男のものを咥えることをまったく苦にしない様子で、側面に舌を走らせたり、亀頭冠に沿ってぐるっと舐めたりする。

先端の尿道口を指でひろげて、そこに唾液を落とし、塗り伸ばすように舌先を潜り込ませ、ちろちろとあやす。

そのどれもが繊細で、かつ、男の急所を的確にとらえていて、寛之の分身はすさまじい勢いで勃ちつづけているのだ。

遥香が顔をあげて、にっこりとした。

「お義父さま、すごいわ。これなら、もう大丈夫ですよ」

「ああ、なんか自信がついてきたよ」

「でも、このままでは、おさまりがつかないでしょ？　良かったら、出していいんですよ。受け止めますから」

そう言って、遥香は肉棹に唇をかぶせて、ぐっと奥まで頬張ってきた。

唇を大きくすべらせてから、浅く咥え直し、根元を握りしめた。

包皮を下に引っ張り、剝き出しになった亀頭冠の溝を舐めて、唾液をたっぷりと付着させる。

それから、唇を亀頭冠を中心に短いスライドで往復させる。

包皮が下に引かれて、亀頭冠が剝き出しになっているので、ちょっとした刺激でも敏感に感じ取ることができる。

「んっ、んっ、んっ……」

鋭く顔を打ち振り、遥香はちらっと見あげて、様子をうかがってくる。

すでに、甘い陶酔《とうすい》感がジンとした痺れに変わっていた。そう、射精する前の高揚感である。

「なんか、出そうな気がするよ」

訴えると、遥香は、出していいんですよ、と目で訴えてくる。

根元をきゅ、きゅっと強めにしごかれると、そのたびに快感の段階があがっていく。

剝き出しになった雁首《かりくび》を唾液に満ちた唇がほど良い圧力で、すべり動く。

「ぁあああ、おおぉ……」

下腹部に熱いマグマが上昇してくる気配がある。

「おおぉ、もう少しだ。もう少しで……遥香さん、イカせてくれ！」

思わず吼《ほ》えていた。

「んっ、んっ、んっ……」

遥香が圧力を強めて、素早く唇と舌で擦ってきた。

敏感な雁首が膨張したように感じる。そこを柔らかな唇でしごかれる。

足が突っ張った。知らずしらずのうちに、下腹部を突きあげていた。

「んんんっ……んんんっ」

雁首と根元を同時に同じリズムでしごかれて、甘い陶酔感が極限までふくれあがった。

「おおぅ、出るよ。遥香さん、出てしまうよ」

「んんんっ……」

「おおぉ、ぁあああぁぁぁぁ」

寛之は遥香の頭をかき抱きながら、マグマを放っていた。

脳天まで痺れわたるような快美感が走り抜け、腰が勝手にぶるぶるっと震える。

そして、遥香は肉棹を頬張ったまま、喉めがけて放たれる男液をこくっ、こくっと呑んでいる。

これを男の至福と言わずに、何と言おうか？

亡くなった女房でさえ、精液をごっくんしてくれなかった。なのに、息子の嫁が少しも厭《いと》うことなく、むしろ、美味しそうにうっとりとした表情を浮かべて、嚥下《えんげ》してくれているのだ。

放出を終えても、なお遥香はしばらく頬張っていた。

どのくらいの時間が経過したのか、遥香はようやく口を離した。

「美味しかったですよ」

寛之を見あげてにっこりし、

「あらっ、まだ付いてる」

ゆっくりと力を失くしていく肉茎に付着している白濁液を、肉茎を持ちあげながら、丁寧に舌で拭《ぬぐ》ってくれるのだ。

「ありがとう。ほんとうにありがとう」

「……いいんですよ」

遥香ははにかんで立ちあがると、

「少しだけ、お湯につかってから出ますね」

湯船をまたぎ、浴槽に肩までつかる。

「……遥香さん」

「何ですか？」

「その……私も入っていいか？」

「もちろん、いいですよ。でも、狭いから」

遥香はいったん立ちあがり、どうぞと勧めてくる。

寛之が浴槽に入り、側面を背に腰をおろすと、遥香は背中を向ける形で、寛之に接するように裸身を沈めてきた。

ざざっとお湯があふれ、遥香の髪の毛が顔に触れる。

力を失くした股間に、遥香の分厚い尻が乗って、すべすべの背中が間近にある。

「重くないですか？」

「ああ、大丈夫だ。むしろ、遥香さんの重さが気持ちいいよ」

「ふふっ、わたし、お尻が大きいから」

「ふふっ、確かにデカくて、重量感があるな」

「もう、お義父さまったら……」

遥香が、寛之の手の甲をきゅっとつねった。

「すごく安らぐよ。女の人とこうやって風呂に入るなんて、何年ぶりだろう？　思い出せないほど昔のことだよ」

そう言って、寛之は後ろから女体を愛情込めて抱きしめる。

「わたしも……わたしもすごく安らぎます。きっと、お義父さまだからだわ」

遥香がかわいいことを言うので、寛之は面《おも》はゆくなった。

後ろから抱きしめて、目を閉じていると、手に胸のふくらみが触れた。

(こんなことして、怒られないだろうか？)

だが、欲望は抑えられなかった。

両側から、左右の乳房をそっと包み込み、少し力を入れた。

お湯を弾く乳肌が、柔らかすぎる弾力とともに重さを伝えてくる。

「気持ちいいわ。男の人にやさしく包まれている気がします」

「……ちょっとだけ、モミモミしていいか？」

「もう、ほんとうにお元気なんだから……いいですよ」

寛之は静かに指を動かした。

たわわな乳房が指の形に沈み込み、下から上へとすくいあげるように揉み込むと、偶然、指が頂上の突起に触れて、

「あんっ……！」

遥香がビクッとして、頭をのけぞらせる。

「ああ、ゴメン……」

遥香は答えずに身を預けてくるので、もう少しいいのではないかと、今度は意識的に乳首を指先で挟み、くり、くりと転がした。

「んっ……あっ……んんんんっ」

遥香がのけぞりながら、背中をさらにもたせかけてきた。

そして、指に感じる乳首が明らかに硬く、しこって、体積も増してきた。

(感じているんだな)

遥香の高まりが寛之にも伝わってきて、乳首を口でかわいがりたくなった。

「済まないけど、こっちを向いてまたがってくれないか？」

ダメもとで言うと、遥香は迷っていたが、無言で立ちあがり、方向転換して、向かい合う形で寛之の膝の上に腰をおろす。

お湯から外に出た双乳は見事なふくらみを見せ、本来は色白の乳肌がお湯で温めら

れて、ピンクの色が内側から浮きあがっていた。

寛之は背中を丸めて、乳房にしゃぶりついた。赤く色づく乳首を口に含むと、

「ああああぁぁぁぁ……」

艶かしい声を絞り出して、遥香は肩を両手でつかんだ。

オスの本能がうねりあがってきた。

寛之は細腰をぐいと引き寄せ、たわわな乳房に顔を埋め込んだ。

尖《とが》っている乳首をチューッと吸い込み、吐き出して、唾液でぬめる突起を舌で上下になぞり、そして、横に弾く。

「あっ……あっ、ぁああうぅぅぅ……」

遥香が背中をしならせて、抑えきれないといった喘ぎをこぼした。

寛之はもう一方の乳首にもしゃぶりつき、舌で上下左右になぞり、頬張って吸い、かるく甘嚙みしてやる。

「くっ……あっ……あっ……ぁあああ」

寛之の膝の上で、発達したヒップがもどかしそうに揺れはじめた。

と、分身が力を漲らせてくるではないか。

さっき出したばかりだというのに、それはむくむくと頭を擡《もた》げてきた。

「遥香さん、あれが大きくなった」

言うと、遥香は手をお湯に潜らせて、肉の柱を握りしめ、きゅっ、きゅっとしごいてくる。

「おおぅ、すごいぞ。ギンギンになってきた……遥香さん、頼むよ。入れたいんだ。それを入れてくれ」

寛之は遥香の下腹部に狙いをつけて、ぐいぐい押しつけた。

何やら、お湯とは違うぬめりを感じた。

(ああ、濡らしているんだ。遥香さん……)

膣口らしきところへ突きあげたとき、ぬるっとすべって弾かれた。

「ああ、ダメ……やっぱり、ダメです」

遥香が急に立ちあがり、転げるように湯船を出る。

「ゴメンなさい」

寛之に向かって頭をさげ、逃げるようにバスルームを出て行った。

(調子に乗ってやりすぎた……)

寛之は自分を責めながら、遥香が脱衣所で服を着る気配を感じていた。

第三章　清楚ＯＬの名器

1

その日、寛之は嘱託として働く会社で残業をしていた。

ビルや店舗の清掃を担当する会社で、十五名ほどの従業員を雇っているから、清掃会社としてそれなりの規模と言えるだろう。

ここに、寛之は経理のプロとして雇われている。

以前は社長がどんぶり勘定で経理を行っていて、税務署からクレームがついたという。そのため、経理の責任者として、かつて商社の経理部で働いていたことのある寛之が、経験を買われて雇われたのである。

もっとも、寛之がしていることは経理システムの構築と最終的なチェックだから、週に四日出ればまかなえた。

今日はどうしても収支の計算が合わず、定時を過ぎてしまった。

遥香には、残業になるから夕食は先に食べるように、連絡してある。今夜は光太が帰宅するようだから、遥香もひとりで心細いということはないはずだ。

狭いオフィスには、寛之とともに経理担当の若槻里美《わかつきさとみ》が残って、パソコンを操作している。

午後七時になってようやく収支が合った。

「悪かったね。きみが残ってくれて、助かったよ」

「いえ、そんな……。経理担当として当然のことをしたまでですから」

里美がデスクの上を片づけながら、微笑みかけてくる。

二十三歳で独身である。うなじのラインで斜めに切り揃えられたボブヘアが印象的な、アイドル系のかわいい顔をしている。

しかし、顔に似あわずと言っては失礼だが、経理に関しては有能であり、寛之も頼りにしていた。

里美も期待と信頼を感じてくれているのだろう、一生懸命やってくれるし、何より寛之を上司として敬《うやま》ってくれていた。

二人で会社の入っているビルを出ようとしたとき、里美が声をかけてきた。

「あの……」

「うん？」

「あの……少しお時間はありますか？」

「……うん、まあ、大丈夫だけど……」

「だったら、あの……」

里美が言いにくそうにしているので、寛之のほうから切り出した。

「食事でもしていくかい？」

「はい！」

里美のつぶらな瞳がきらっと光った。良かった。やはり、何か相談したいことがあるのだろう。

この頃、里美は浮かない顔をしていることが多い。きっと何か悩み事があるに違いない。

「駅前のイタリアン・レストランに行くか？」

「はい。イタリアンは好きです」

「じゃ、そうしよう」

二人は駅前にある店に向かって、肩を並べて歩く。

残業で二人だけになったとはいえ、初めて里美のほうから声をかけてきたのだから、よほど切羽《せっぱ》詰まっているのだろう。

世間話をしながらものの十分ほどで、イタリア料理店に着いた。幸い、席は空いていて、奥のほうのテーブル席に案内された。

「何がいい？　まず、ワインでも頼むか？」

「はい……」

寛之は良さそうな赤ワインを頼み、それから、一々オーダーするのが面倒なので、店のお勧めディナーコースを二人分頼んだ。

向かいの席についた里美は、赤いガラスの燭台風《しょくだいふう》明かりを受けて、いつも以上に色っぽく見えた。

二十三歳で容姿も可憐であり、聡明で、仕事もできる。客観的に見たら、かなりいい女である。

実際に、会社の男性従業員の多くが、彼女を誘おうと躍起になっていることも知っている。

だが、寛之はこれまで里美を、純粋に女として見たことはない。

おそらく、歳が離れすぎているからだろう。

だが、こうして雰囲気のある店で、二人でテーブルを挟んでいると、やはり、心が躍る。美人は得である。

ソムリエの注いでくれた赤ワインで乾杯をした。

里美はワイングラスの足のほうを長くてほっそりした指で持ち、大きなグラスを傾けて、こくっと呑む。

その喉元が優美に反り、少しあがった顎の角度と喉のラインに、しなやかなエロスを感じてしまう。

「美味しいです、これ。すごく、まろやかです」

「そうか。適当に頼んだんだけど、良かったよ」

前菜がきて、寛之がどんな話題に持っていこうか迷っていると、里美が寛之の生い立ちを訊いてきたので、短くかいつまんで話した。

すると、里美は興味津々《しんしん》という様子で細かいところを訊ねてくるので、寛之もついつい昔働いていた商社での自慢話をしてしまう。

熟年世代の自慢話ほど聞いていてつらいものはないと思うのだが、里美はいいタイミングで相槌を打ってくれるので、話していても気持ちが良かった。

ノースリーブのフェミニンなワンピースから突き出た、ちょっとぷっくりとして、見るからにぷにぷにしていそうな二の腕や、こんもりと持ちあがった大きめの胸のふくらみがどうしても目に入る。

トマト味のパスタをフォークにくるくると器用に巻き、口に運ぶ。

パスタを食べるその口許に、視線が引き寄せられる。

　パスタを食べ終えた里美が言った。

「あの、こんなこと言って、生意気だって思われそうですが……安西さん、最近雰囲気が変わりましたね」

「えっ、そうか？」

「はい……その、今日着ていらっしゃるスーツもすごくセンスがいいし、サイズもぴったり……ネクタイもよくお似合いになってる。髪形も変えられたでしょ？　だから、何かあったのかって。ゴメンなさい、わたしごときが……」

「いいんだよ。褒められていやな男はいないさ……そうだな。若槻さんには、話しちゃおう。じつは、息子の嫁が最近、いろいろとアドバイスをしてくれるようになって。たぶん、そのせいだよ」

　納得がいったとでも言うように、里美がうなずく。

　バスルームでの口内発射以来、遥香は以前よりさらに熱心に、「こうしたほうが若く見えます」「このほうがお義父《とう》さま、格好いいですよ」とアドバイスしてくれる。

　このスーツやネクタイも、じつは遥香と一緒に紳士服売場でオーダーし、選んだものだった。

「女房に先立たれてるから、息子の嫁が見るに見かねたんじゃないかな。やはり、男にはいろいろとアドバイスをしてくれる女性が必要なのかもしれないね。若槻さんは当然、もう恋人がいるんだろうけど、センスも良さそうだし、恋人にいいアドバイスができそうだね」

と、里美の表情が急に曇り、うつむいたまま動かなくなった。

「……どうしたの、大丈夫?」

声をかけてみたものの、里美は顔を伏せたままだ。

「……ゴメン。何か気に障《さわ》ることを言ったら、謝るよ」

すると、里美が顔をあげて、言った。

「いえ、そうじゃなくて……個人的なことです」

「個人的なことって……最近元気ないみたいだけど、何かあった?」

里美は言おうかどうか迷っているようだったが、やがて、

「……わたし、彼氏と別れました。振られたんです」

ためらいを振り捨てるようにして言った。

うつむいたまま唇を噛みしめていたが、やがて、肩が小刻みに震えだした。

洩れそうになる嗚咽《おえつ》を必死に押し殺しているようだ。

(可哀相に……)

三十歳近くも年下の女が、失恋の痛手を必死にこらえているそのけなげさが、寛之の胸を打った。

視線を感じて周囲を見ると、多くの客がいったい何があったんだろうという目で、二人を見ている。きっと、歳の離れたオジサンが娘ほどの女の子を泣かせている。ひどい男だ――そんなふうに見ているのだろう。

「若槻さん、出ようか。二人だけで話ができるところに行こう」

まだ、デザートが残っているが、そんなことを気にしている場合ではなかった。

寛之はカードで清算を頼み、里美をエスコートして、店を出た。

2

寛之は近くのカラオケボックスに里美とともに入った。

二時間の予約をして、最初に飲み物をひとつ頼めば、呼ばないと従業員は来ないシステムである。

このとき、寛之には里美をものにしようなどという下心はなく、ひたすら、彼女の話を聞いてあげたいという一心だった。

従業員が飲み物を二つ持ってきて、去り、カラオケの画面には宣伝のようなものが流れているだけで、あとは隣室から客の下手くそな歌声が洩れてくるばかりだ。

こういうときは離れて座るのではなく、すぐ隣に位置したほうがいいだろう。

そう考えて、里美の右隣に腰をおろした。

里美はいまだに落ち込んでいる様子で、とてもカラオケを歌う雰囲気ではない。

どう声をかけていいのかわからず押し黙っていると、里美がぽつり、ぽつりと事情を話し出した。

彼氏は大学のワンダーフォーゲル部の二年先輩で、部長をしていて、人望も厚かった。そんな先輩に恋をし、彼も里美を気に入ってくれたらしく、彼が卒業して社会人になった頃からつきあいはじめた。

里美が社会人になってからも交際はつづき、一緒に山登りをしたりした。

肉体関係を持ったのは二年前で、彼はとにかくやさしく、頼りがいがあって、理想的な恋人だった。

だが、半年ほど前から、彼は仕事が忙しいからと、なかなか会ってくれなくなり、ついには、十日ほど前に別れを切り出されたのだと言う。

「彼、新しい恋人ができたんです。同じ会社に勤める二年先輩のＯＬで、すごい美人で仕事もできるし、あっちのほうもすごく上手いらしくて……それに較べたらわたしなんか……。物足りないんだって言われました。ただ従順なだけでは飽きるって。一生懸命尽くしました。彼の求めたことにはすべて応じました。ノーって言ったこと一度もないんです。そうしたら、それが重いんだって……お前と一緒にいると息苦しくなるって……」

そう言い終えると、里美はテーブルに突っ伏して、「うっ、うっ……」と嗚咽しだした。

彼氏の言っていることは何となく理解はできた。

里美は都合のいい女になりさがってしまったのだ。

しかし、こんないい子をあっさり捨てるなんて、男としてどうなのだろう？　それに、尽くして捨てられた里美があまりにも可哀相すぎた。

寛之は右手を伸ばしかけて、一度引っ込めた。

自分は上に立つ者であり、また相談相手だ。身体に触れてはいけないのではないか？

だが、里美が泣きじゃくりはじめたので、放ってはおけなくなった。

「若槻さん……いいよ。泣いていいよ」

右手でワンピースの肩を抱き寄せると、里美が身を預けてきた。

最初は肩と胸の間に顔を寄せて、肩を震わせていたが、やがて、寛之の膝に顔を埋めて、「うっ、うっ」と抑えきれない嗚咽をこぼしはじめた。

何か言ってもしらじらしくなるだけなので、寛之はクリーム色のワンピースの背中を、子供をあやすときのようにぽんぽんと叩き、左手で黒髪をやさしく撫でた。

里美は斜めになって膝に頭を載せているのだが、あふれだした涙がズボンに沁みて、温かかった。

さらさらのボブヘアを撫でると、とても細くて柔らかな髪質のせいか、頭部の形まではっきりと手のひらに感じられた。背中はゆるやかに湾曲して、とてもしなやかだった。時々、「うっ、うっ」と嗚咽するので、ビクッ、ビクッと背中や肩も震える。

カラケボックスで、隣室からの歌声を聞きながら、女を膝枕している――。

里美が身体の向きを少し変え、後頭部をこちらに向けて、顔を横にした。

と、右手で撫でている箇所が背中から脇腹に変わり、手の先が胸のふくらみに触れた。

柔らかな胸のふくらみを指先に感じて、ハッとして手を引いた。すると、里美がその手をつかんで、胸のふくらみに導いた。

「温かいわ。安西さんの手、大きくて、温かい。この手に包まれていたい」

そう里美が言った。

里美は今、自分が女であることを実感したいのだろう。振られて、失くした自信を回復したいのだろう。男の温かみを感じていたいのだろう――。

寛之は右手でそっと胸のふくらみを包み込んだ。

たわわな肉層のたわみを感じる。女の器官の豊かな丸みを手のひらに感じる。

このまま、じっとしているのがいい――。

理性ではそう判断できるのだが、このときすでに、寛之の股間は力を漲らせていた。

理性と本能は別物らしい。血液が下腹部に流れ込み、海綿体がふくらんでくるのを感じる。

おずおずと手のひらを動かしていた。

ワンピースとブラジャーに包まれた乳房は豊かな量感を手のひらに伝えてきて、水の詰まった風船のように弾んだ。

(こんなことをして嫌われないだろうか？)

不安のなかで強弱をつけて揉むと、指先が頂上の突起に触れてしまい、

「あっ……！」

里美が低く喘いだ。

「ゴメン……」

とっさに謝っていた。

依然として、手のひらは胸のふくらみを包み込んでいる。だが、里美はいやがる素振りを見せない。

（いいんだ。男と別れて、里美さんは寂しがっている。そして、女であることを実感したいんだ。だから、いいんだ）

自分に言い聞かせ、ブラジャー越しでもわかる乳首の突起を親指と中指で挟んで、静かにねじった。

「うんっ……んっ……んっ……」

里美の息づかいが荒くなり、寛之の膝頭をつかむ手に力がこもった。

寛之はもう一度ふくらみ全体を揉みしだき、頂上の突起をさぐりあて、そこに中指をあてかるく押しながら、くにくにとこねた。

「んっ……あっ……」

里美がダメ、ダメとでも言うように頭を振った。

と、後頭部が寛之の肉茎をぐりぐりと擦りつけてきて、寛之の分身はますます硬く大きくなる。

　ふと、カラオケボックスには必ずついていると言われる監視カメラが気になった。周囲を見まわしてみるものの、それらしきカメラは見当たらない。

（ここにはそんなものはついていない。ついていたとしても、このくらいは他のカップルでもやっているだろう）

　そう自分を無理やり納得させて、右手を体側に沿っておろしていき、ワンピースの貼りつく腰から太腿にかけてなぞっていく。

　横になった太腿の側面を何度も撫でると、里美は首を振りながらも、切なげに太腿をよじりあわせる。

　おそらく、別れた彼氏に女の性感を育てられたのだろう。二年という年月は女を花開かせるのには充分な期間だ。

　ワンピースの裾をまくりあげると、シルバーのパンティの尻の部分が見えた。

　その銀色に光る素材越しに、ヒップをゆるゆると撫でた。

「んっ……あっ……いや、安西さん、いやっ……」

　里美が膝にしがみついてくる。

　だが、本心からいやがっているのではないことは、全身からあふれでる甘えに似た雰囲気でわかる。

ヒップの後ろから、右手を太腿の狭間へとすべりこませると、すべすべの布地が湿っていて、そこに指を届かせたとき、

「あんっ……！」

里美が横臥した身体を海老《えび》のように撥ねさせた。

おそらく自分でも逃れようとしているのか、反対に押しつけようとしているのかわからないのだろう。

シルクタッチの基底部を指でなぞると、里美は腰を前に逃がしたり、ぐぐっと後ろに突き出したりする。

「いや、いや、いや……」

自分のしていることを恥じるように、首を左右に振る。

押さえ込んでいるわけでもないので、ソファを降りようとすればできるはずだが、逃れようとはしない。

さするうちに、湿っていた基底部にぬるっとしたぬめりを感じるようになった。

内側で分泌した粘液がぐちゅぐちゅと音を立て、ぐにゃりと沈み込むような感触が強くなり、基底部の脇からぬらつくものがはみ出していた。

（こんなことをしてはいけない。いけないいんだ）

そう自分を責めながらも、濡れた基底部の中心に中指を立てて、かるくピストン運動させていた。

「ぁああ、ぁああん……ダメ……やっぱり、ダメです。でも、代わりに……」

里美は指の愛撫から逃れるようにしてソファから降り、寛之の前にしゃがんだ。

ズボンのベルトをゆるめて、ズボンをブリーフとともに膝まで引きおろした。

「下手だって、いつも言われてました。だから、気持ち良くないかもしれませんが」

寛之を見あげて言い、下腹部でいきりたっているものをそっと握った。

根元を三本の指でつかんで、ゆったりとしごきながら、先端にちゅっ、ちゅっとキスをする。

少し顔をあげて、口のなかをもごもごさせて唾液を分泌させ、口を窄《すぼ》めて、亀頭部に落とす。二度それを繰り返して、唾液を塗り伸ばしていく。

亀頭部からカリの下側へと、また、亀頭部へと先のほうの敏感な部分を中心に唾液でまぶし、上から頬張って、かるく唇をすべらせる。

ちゅるっと吐き出して、つぶらな瞳で寛之を見た。

「……気持ちいいですか？　良くないですよね」

「いや、気持ちいいよ」

「お世辞はいいんです」

「お世辞じゃないさ。実際に気持ちがいいんだ。指の圧迫感も、唇の締めつけやスライドする箇所とか、すごく気持ちがいいよ。もし、彼氏がそんなことを言っていたとしたら、彼のほうがおかしいよ。自信を失くさせて、自分の思うがままに操ろうとしていたとか……」

「……そう、ですか？」

「ああ、そうだよ。今も、きみに咥えてほしくて、ほら、腰がひとりでに動いてるだろ？」

寛之は冗談めかして言い、腰をぐいぐい突きあげてやる。

と、里美がまた咥え込んできた。

今度は一気に根元まで唇をすべらせ、モジャモジャした陰毛に唇を接し、もっと深く咥えられるとでも言うように、喉まで切っ先を呑み込んだ。

だが、無理をしたのだろう、ぐふっ、ぐふっと噎《む》せて、いったん吐き出し、肉柱の裏側を下から舐めあげてくる。

舌を横揺れさせてなぞりあげ、包皮小帯に舌を打ちつけながら、睾丸を持ちあげるようにあやしてくる。

「若槻さん、すごく上手だ。たまらないよ」

褒めると、里美はうれしそうに見あげ、唾液まみれの舌をいっぱいに出して、雁首にからみつかせてくる。

目尻がちょっとさがり、その表情がかわいい。

「出してもいいですよ。わたし、ごっくんしますから」

そう言って、里美は唇をかぶせて、亀頭冠を中心に素早く往復させ、同時に根元を握りしごいてくる。

（ああ、これは……！）

息子の嫁の遥香とフェラチオの仕方が似ていた。そして、遥香の口に放った記憶がよみがえってくるのだろうか、甘い陶酔感がどんどんふくらみ、それが痺れるような強烈な快美感に変わった。

「おおぉ、若槻さん、ダメだ。気持ち良すぎて、出ちゃうよ。おおぅ、くうぅぅ」

「いいんですよ。出してください」

里美はいったん口を離して言い、また咥え込んで、

「うっ、んっ、うっ……」

つづけざまに顔を打ち振り、亀頭部を頬張ったまま、ジュルルッと唾液をすすりあげる。

そのいやらしい唾音を立てているのが、アイドル系の美貌で、性格も素直な女の子であるがゆえに、寛之は一気に昂った。

「おおぅ、つううぅ……」

「うっ、んっ、うっ……」

里美が可憐な声とともに唇を大きくすべらせる。指も動き、里美が顔をあげるときは根元を引きおろし、顔をおろすときは包皮を引きあげている。

その逆の動きが、途轍《とてつ》もない快感を生んだ。

「くぅ、出すよ、出す……」

「んんんっ……」

「くおおぉぉ……！」

吼えながら、放出していた。

知らずしらずのうちに、腰を突き出して、里美の後頭部をつかみ寄せていた。

おそらく、喉に亀頭部がぶつかったのだろう。里美はぐふっ、ぐふっと噎せながらも、決して口を離そうとはせずに、迸《ほとばし》るものを受け止めている。

脳天まで痺れるような射精感が通りすぎ、寛之が肉棹を抜くと、里美はこぼれそうな白濁液を手で押さえ、こくっ、こくっと喉を鳴らした。

遥香は精液を口に溜めないで、放出された液をそのまま嚥下したほうが楽だと言っていたが、里美はまだそれができなくて、いったん溜めてから呑んでいる様子だった。

手を口に添えて、懸命に呑み込んでいるが、手と口の隙間から白濁液がたらっと垂れ落ちて、顎へと伝い、それをあわてて拭っている。

だが、そのウブなやり方が、里美らしいと思った。

「大丈夫かい？」

「はい……」

里美はテーブルに出されていたコーラを飲んで、口のなかの精液を洗い流して嚥下した。

「すごく気持ちが良かったよ。全然下手じゃないさ」

「……あの、まだ時間がありますよね」

「うん、まだたっぷりあるよ」

「……その間、添い寝してもらっていいですか？」

「いいけど……添い寝なんて、このソファでできるかな？」

「こうすれば、大丈夫です」

寛之がソファに仰向けに寝転ぶと、その上に里美が重なるように乗って、身体を伸ばした。向かい合う形で、胸と胸が重なっている。

「重いですよね？」

「このくらいは平気だよ」

里美は小柄で体重は四十キロあるかないかだろう。

「つらくなったら、言ってくださいね」

「ああ……」

「それまで、このままでいさせてください」

呼吸のたびに揺れ動く、里美の身体の凹凸《おうとつ》を感じる。顎の下にすべすべした髪の毛を感じる。胸板に静かで熱い息がかかる。乳房の柔らかなふくらみ、太腿の丸み——。

「安西さんの心臓がドクドク鳴ってます。人の心臓って、こんなに力強く鼓動を打つんですね」

胸板に耳をあてている里美の髪を、寛之はやさしく撫でた。

3

その後も、寛之は里美の寂しさを紛らわせてやろうと、何度か食事につきあった。

別れ際にそれとなく誘ってみたが、里美はもう乗ってこなかった。

遅くなる都度、家の遥香に連絡を入れるので、隠しておくことができずに、遥香に訊ねられるままに、里美のことを話した。

『三十歳年下って、すごいじゃないですか。いくら、年の差カップルが流行《はや》っていると言ったって、三十歳年下ってなかなかないと思います』

そう遥香は喜んでくれた。

『だけど、セックスは求めてないようだから……たぶん俺はいいオジサマなんだろうな』

『でも、彼女のなかで、オジサマが男に変わるときだってあると思いますよ。だって、お口に出したんでしょ？』

『ああ……あのときは彼女、魔が差したんだろうな。あれ以来、誘っても乗ってこないから』

『でも、そういうプラトニックな関係もいいかもしれませんね……何か、妬《や》けちゃう』

二人でそんな会話を交わした。

二週間ほど経過したその夜、寛之は決算で定時より三十分ほど過ぎて会社を出た。駅に向かって歩いていくと、公園の入口にビジネススーツ姿の里美が立っていた。

里美は寛之を認めると、走り寄ってきて、いきなり、腕に手をからめてきた。

「なんか、こうしたくて……」

「待っててくれたの？」

里美がうなずいて、寛之の左腕に右手を通し、ぴたりと胸を寄せてくる。

いつもとちょっと感じが違っていた。

男にすがるような、甘えたような雰囲気が滲《にじ》みでている。

何かあったのだろうか？　それとも、女性は生理的なものが影響するというから、そういう時期なのだろうか？

似ているとすれば、最初にデートをして、カラオケボックスに行ったあの日だ。

「どうする？　食事でもするかい？」

里美が首を左右に振った。

「お酒を呑みに行く？」

また里美は首を横に振って、ぽつりと言った。

「二人きりになりたいわ」

「……ホテル……ってこと？」

訊ねると、里美が小さくうなずいた。

「ちょっと、待って」

高鳴る胸の鼓動を抑えつつ、寛之は商社時代からよく使っていた都心のホテルにケータイで電話を入れて、部屋が空いているかどうかを訊ねた。空いていると言うので、ダブルの部屋をひとつ取った。

ここから、タクシーで二十分ほどの距離にある高層ホテルだ。

「ホテルが取れたから、タクシーで行こうか」

里美がこくんとうなずいて、左腕をつかむ手に力を込めた。

空車を止めて、最初に里美を乗せ、寛之も乗り込んだ。

ホテルの名前を告げると、初老の運転手がメーターを倒して、車を発進させる。

里美はなぜ自分に抱かれる気持ちになったのだろう？

しかし、目の前に若い女の肉体というニンジンがぶらさがっていると、理由などどうでもよくなってしまうのだ。

やはり、男はどんなに歳をとっても、オスなんだな——。

自分の欲望を正当化しながら、タクシーの進行方向をぼんやりと見ていると、里美が身を寄せてきた。

寛之の右の体側に胸のふくらみを押しつけながら、寛之の右手を握りしめてくる。

その手がすでにじっとりと汗ばんでいた。

寛之も小さな手のひらを包み込むようにして、指の間を愛撫してやる。

その手が膝の上に導かれ、スカート越しに感じる張りつめた円柱形の太腿が、寛之を誘惑する。

手を離し、二本の円柱をゆるゆると撫でた。

スカート越しに感じる太腿は、合わさっている部分がへこんでいて、そこに指先を置くと、閉じられていた太腿がわずかに開いた。

耳元に感じる里美の息づかいが乱れはじめていた。

紺色のスカートの裾をずりあげながら、奥へと手をすべりこませた。つるつるのストッキングに包まれた太腿が指にまとわりついてくる。

少し力を入れると、分厚い太腿の肉層がしなって、

「……あっ……」

里美は耳元でかすかな声を洩らした。

寛之は伸ばした右手で内腿をやさしく撫でる。左右の太腿が少しずつひろがってい き、やがて、右手の指が奥の急所をとらえた。

かろうじて届く甘美な秘所を指先で上下になぞるうちに、里美が腰を前にせりだし たので、手のひらに柔肉全体がぴたっと吸いついてきた。

(里美さんは今、発情しているのだな)

そう感じた途端に、分身が力を漲らせてズボンを持ちあげた。

怒張したそれを感じてほしくて、里美の左手をそっとズボンのふくらみに導いた。

びっくりしたように引こうとする指をまた引き寄せると、今度は、その硬さを確かめ るようにおずおずと包み込んでくる。

里美は斜め上方に向かっていきりたつ肉柱をズボン越しにゆるやかになぞりながら、 耳元で震える吐息をこぼす。

寛之がパンティストッキング越しに女の柔肉を撫でると、里美は洩れそうになる声 を必死に押し殺しながら、腰を微妙に揺らす。

「んっ……んっ……あっ……」

耳元に熱い吐息を吹きかけ、里美は開いていた太腿をぎゅうとよじりあわせ、右に左に揺らす。

寛之が柔肉を指で引っ掻くようにすると、また、くぐもった声をあげて、足をひろげていく。

卑猥な角度で足を開き、腰をくいっ、くいっと前後に振って、女の秘部を擦りつけてくる。

「あ……ぁああうぅ」

抑えきれない喘ぎが洩れて、寛之はドライバーに聞かれたのではないか、と運転席に目をやる。

だが、このくらいは日常茶飯事《さはんじ》なのだろう、渋い初老の銀髪の運転手は平静を装って、タクシーを走らせている。

ふと邪心が芽生えた。

(いや、いくら何でもマズいだろう……)

しかし、いったん頭を擡げた欲望はおさまらなかった。

(いいんだ。里美さんだってその気になっているんだから)

寛之はズボンの股間のファスナーをおろし、里美の左手を導いた。

と、里美の指が開口部を三角に持ちあげる屹立を、ブリーフの上から撫ではじめた。

やはり、ズボン越しとブリーフ越しは違う。

薄い布地を通しての愛撫はもどかしくも刺激的で、寛之はもたらされる愉悦《ゆえつ》に目を閉じた。

寛之の昂りを察知したのか、里美の指がブリーフの開口部をひろげて、器用に屹立を取り出した。

それが空気に触れる感触に、ハッとして見ると、浅黒いが亀頭部を茜色にてからせた肉の塔がタクシーの車内でいきりたっていた。

（ルームミラーに映ってるんじゃないか？）

ふと不安になって、フロントガラスに付いたミラーに目をやるものの、寛之の上体が映っているだけだ。

ほっそりした女の指がまとわりついてきた。

里美は左手で茎胴を握りしめ、ゆるやかに上下に擦る。擦りながら、運転席のほうを見て、身体を倒してきた。

ビジネススーツに包まれた上体を腰から左側に折り曲げ、身をよじりながら、屹立に顔を寄せてくる。

（いくら何でもまずいだろう）

寛之が運転席のほうを見たとき、下腹部のものが温かい口腔に包まれていた。

（おおぉぉ……！）

あまりの快感に声が出そうになるのを、懸命にこらえた。

下腹部の屹立がすっぽりと根元まで覆われているのがわかる。

温かい。しかも、なかで舌が微妙に動き、側面にからみついてくる。

もう、運転席を気にすることをやめて、寛之はもたらされる愉悦に没頭していく。

陰毛に唇が触れている。熱い吐息が繊毛をそよがせる。

顔がゆっくりとあがり、舌がちろちろと側面をくすぐる。

里美の唇はほんとうに柔らかくて、ぷにぷにしている。ぷっくりとした唇が適度に肉棹を締めつけながら、静かに上下動して、敏感な雁首を擦ってくる。

「くうぅぅ……」

寛之は歓喜の声が出そうになるのを必死に抑える。

タクシーの車内でフェラチオされるのは、もちろん初めてだ。

目を開けて外に目をやると、様々な色のネオンサインに彩《いろど》られた都心の夜景が、後ろに飛んでいく。

里美は肉棹を追い込む気持ちはないのだろう、戯《たわむ》れるように屹立を頬張り、舐め、また口に含んで、亀頭部を頬の内側に擦りつけている。

そのペニスと戯れているような口技が、ひどく心地好かった。

やがて、予約したホテルが近づいてきたのが、車窓から見える街並みでわかった。

「ありがとう。そろそろ着くぞ」

耳元で囁くと、里美が肉棹を吐き出して、恥ずかしそうに上体を立てた。

4

ホテルにチェックインし、エレベーターで二十一階にあがる間も、里美は寛之にキスをし、股間のものをいじりつづけていた。

普段は清純と言ってもいい二十三歳のＯＬが、抑制の箍《たが》が外れたように寛之を求めて、自分もそれに呼応して、愚息をいきりたたせている。

たとえ五十路を過ぎた男でも、女性の出方次第では本能を剝き出しにしたオスになれるんだな――。

寛之にとって、それはひとつの発見であり、また股間のものがずっと勃起をつづけていることが誇らしくもあった。

二十一階でエレベーターを降りて、静かな廊下を２１１３号室をさがして歩き、カードキーを潜らせてドアを開けた。

シンプルな客室に、ダブルベッドが間接照明に浮かびあがっていた。

二人は一刻も早くベッドインしたい気持ちを抑えて、スーツの上着を脱いで、クロゼットにかける。

寛之は急いでネクタイを外して、ベッドの前で突っ立っている里美の顔を両手で挟みつけるようにして、唇を奪った。

里美は背伸びして抱きつきながら、唇を合わせてくる。

唇を重ねながら、寛之は里美をそっとベッドに寝かせ、舌をすべり込ませる。

と、里美も情熱的に舌をからめ、寛之のワイシャツの背中を撫でてくる。

その手がズボンの股間に届き、もう待ちきれないとばかりに勃起をなぞりあげてくる。

寛之はタイムマシンに乗って、若い頃に戻ったようだった。

商社でばりばり活躍していた頃には、もちろん、まだ結婚する前だが、それなりにもてたし、何人もの女性をこのホテルで抱いたものだ。

懐かしいような、妙な気持ちである。

ブラウスの胸ボタンに手をかけると、里美はそれを制して、自分でボタンを外しはじめた。

寛之もワイシャツとズボンを急いで脱ぐ。

オフホワイトの刺繍《ししゅう》付きブラジャーとパンティという清楚な下着姿で、里美は下から見あげてくる。

つぶらな瞳が霞《かすみ》がかかったようにぼぅとして、潤みきった目の何かをせがむような表情がたまらなかった。

寛之はブラジャーに包まれた乳房に顔を埋めて、その甘酸っぱい匂いに包まれながら、子供のように顔をぐいぐいとふくらみに押しつけていた。

「ああ、安西さん……」

里美がひしと抱きついてくる。

寛之は深い谷間に顔を擦りつけながら、右手をおろしていき、パンティ越しに太腿の奥をまさぐった。

恥丘を下からぐいっと鷲づかみにすると、肉土手が柔らかな感触を伝えてきて、

「あああぁぁ……！」

里美が鋭く顔をのけぞらせた。

やはり、里美の身体は今、燃えているのだ。セックスをしたくて、うずうずしているのだ。

パンティの基底部はすぐに愛蜜が沁み出してきて、指先が柔肉にぐにゅぐにゅと沈み込む。

たまらなくなって、里美を横臥させ、背中のホックを外して、ブラジャーを抜き取った。

つづいて、パンティに手をかけて、一気におろしていく。里美がタイミング良く足を垂直にあげたので、下着がつるりと足先から外れる。

一糸まとわぬ姿に剝かれた里美が、乳房を手で隠し、膝を曲げて股間を隠した。

胸を覆っていた両手をつかんで、外すと、砲弾型の見事な乳房が目に飛び込んできた。

Eカップはあるだろう、たわわで若々しく張りつめた双乳の頂上に乳首がしこり勃《た》っていた。

乳暈が広いわりには、乳首は小さい。

いや、乳房の総面積が広いので、そう感じるのかもしれない。

里美はそうすれば少しは恥ずかしさが減るとでも言うように顔をいっぱいにそむけている。眉の上で一直線に切り揃えられた、ボブヘアの前髪が乱れ、額が出て、少女のような顔つきになっている。

その可憐さに胸打たれながら、乳房にしゃぶりついた。せりだした突起を口に含むと、

「あっ……！」

ビクッと震えて、里美は顎をせりあげた。

向かって右の乳首を吸い、舌で上下左右に舐め転がし、もう一方の乳首も同じようにかわいがる。

「ぁああ、ぁああ……はうぅぅぅ……」

里美は心の底から感じているという声をあげて、眉をハの字に折る。

そこで、寛之は遥香のレクチャーを思い出した。

『お義父さまのような年配の方は、とにかく、しつこいくらいに愛撫をしてください。挿入は最後の最後でいいんです。女性は背中側もすごく感じるんですよ。お義父さまのキャラから言ったら、背中側をじっくり愛撫したらきっとすごく女の子は悦ぶと思います』

そうだ、ここで背中を——。

寛之は里美の裸体を裏返しにする。

仰臥《ぎようが》した若い肉体は上体が小さくて、腰から下の足がすっと長く伸びやかだ。

寛之はさらさらボブヘアをかきあげて、あらわになったうなじにちゅっと口を押しつけた。

「あんっ……！」

若い肢体がビクッと震える。

(感じている。やはり、裏側は敏感なんだな)

うなじにフーッと息を吹きかけると、

「ああん……」

里美がのけぞった。

寛之は肩甲骨にキスを浴びせ、中心を走る背骨に沿ってキスをおろしていく。

そうしながら、両手を柔らかく使って、脇腹をスーッ、スーッとなぞる。

すると、里美はじっとしていられないといった様子で、生きのいい若鮎《あゆ》のように何度も撥ねる。

「すごく敏感なんだね、里美さんは」

そう言って、寛之は湾曲した背骨に舌を走らせる。

背中が唾液で光るほど舐めおろしていき、尾《び》てい骨《こつ》にちろちろと舌を走らせる。

「ぁああ、ダメっ……やぁあああ、恥ずかしい……恥ずかしい、ぁあうぅぅ」

羞恥の声を洩らしながら、里美は尻をぐぐっとせりあげた。

見事な桃割れを見せるぷりんっとした尻たぶを突きあげたので、割れ目がのぞき、セピア色のアヌスまで目に飛び込んでくる。

寛之は尻たぶをつかんで、ぐいとひろげながら、尻の割れ目にしゃぶりついた。

「ぁああ、ダメです」

逃げようとする尻をつかんで、アヌスを通り越して、その下の女の亀裂に、いっぱいに伸ばした舌を届かせた。

「ぁあああ、ダメです。ほんとうにダメっ……ダメ……ダメ……ぁあうぅぅん」

寛之は桃尻を持ちあげ、自分は顔をなるべく低くして、女の秘所に貪《むさぼ》りついた。

尻たぶの圧力を押し退けるようにして、亀裂を舐める。

「ぁああぁ、許して……」

ぎゅんと締まってくる尻たぶを押し広げて、亀裂をしゃぶりつづけると、

「ぁあああ、ぁあああ……ぁああん、くっ……くっ……」

感じているのだろう、里美はさっきまでとは逆に、自ら尻を持ちあげて、女陰を擦りつけてくる。

寛之は腰をあげさせて、四つん這いの形にする。

舐めやすくなった狭間の粘膜に舌を走らせ、上方のアヌスの窄みを指でやわやわと揉んでやる。

「いや、いや、そこはいや……」

締まってくる尻たぶを押し広げて、さらに舐めしゃぶり、同時にアヌスをくにくにと揉んだ。

幾重もの皺の凝集《ぎょうしゅう》がヒクッ、ヒクッとおののき、その下の雌花は反対に肉びらを開かせて、いっそう蜜をあふれさせる。

「あああ、ぁあぁぁ」と悦びの喘ぎを伸ばしていた里美が、ぽつりと言った。

「欲しいんです」

「えっ?」

「あああ、もう、欲しいんです」

里美は我慢できないとでも言うように腰を前後に揺する。

タクシーでの愛撫が効いていて、もう性感は極限まで高まっているのだろう。

「悪いけど……ここを、その……舐めて濡らしてくれないか？　そのほうが入れやすいと思うんだ」

おずおずと言うと、里美がこちらを向いた。じつは、寛之の分身は長時間の勃起に疲れたのか、半勃起状態だったのだ。

里美が、両膝立ちになっている寛之の下腹部に顔を寄せてきたので、舐めやすいように後ろに腰を落として、足をひろげた。

里美はもう一刻も待てないとでも言うように、半勃起状態のそれにしゃぶりついてきた。

顔を伏せ、一気に根元まで頬張り、鋭く顔を打ち振る。

いったん吐き出して、肉茎の根元をつかんで振りたくる。と、それが大きく揺れ動いて、ぴたん、ぴたんと下腹部にぶちあたり、その刺激で一気に怒張してきた。

里美は右手で握りしめて、強めに擦りながら、亀頭部にちろちろと舌を横揺れさせて刺激してくる。

「いい感じだ。もう少しだ」

思わず言うと、里美は今度は口だけで頬張り、強めに唇で締めつけながら、大きく速いピッチで顔を打ち振る。

その間も、陰嚢《いんのう》をさわさわとあやしたり、その裏の会陰部を指で押したりする。

と、分身が一本芯が通ったように、ギンとしてきた。

「ありがとう、いいよ……どんな体位が感じるんだろう？　きみの好きな形を取ってくれないか？」

言うと、里美はこちらに尻を向ける形でベッドに這った。

（そうか、バックが感じるのか）

後ろについた寛之は、慎重に腰を入れていく。くびれた細腰をつかみ寄せると、怒張が狭い肉路を押し広げていく確かな感触があって、

「くっ、ぁあああぁぁ……」

里美が背中を大きく反らした。

「くおおぉぉ……！」

寛之も唸っていた。

（何だ、これは？）

肉襞が分身に吸いついてくる。そればかりか、触手のようなものがうごめいて、ざわざわとからみついてくる。

ミミズ千匹、という言葉が脳裏に浮かぶ。これまで経験したことのない、内部がう

ねって、からみつくような感触だった。

少しでも動けば洩らしてしまいそうで、寛之は歯を食いしばった。

「ぁああ、ください。動いてください……」

里美がもどかしそうに腰をくねらせた。

「おお、くっ……！」

無数の触手がうごめきながら、侵入者にからみついてくる。肉路もウエーブを起こしたみたいにざわついて、肉棹をくいっ、くいっと締めつけてきて、寛之は危うく射精しそうになった。

「ぁああ、ぁああ……いいの、いいの……我慢できない」

里美が律動を待ちきれないとでも言うように、腰を前後に揺する。

（なんて、オマ×コをしているんだ！）

里美のような清楚な女が、ミミズ千匹だなんて、どこか嘘のようだ。

（ダメだ。このままでは……）

寛之自身が何もしなくても、きっと精液を搾《しぼ》り取られてしまうだろう。それほどに甘美な陶酔感がどんどんふくれあがっている。

どうせ討ち死にをするなら、自分から挑んで果てたい。

寛之は玉砕覚悟で打ち込みを開始する。

両手で腰をつかみ寄せ、のけぞるようにして腰をぐいっ、ぐいっと突き出す。と、その摩擦がさらなる快感を生む。

前回、美可子を相手にしたとき中折れしてしまい、それ以来、オナニーのやり方も変え、遥香にもフェラチオで協力してもらい、ペニスが敏感になるように鍛練《たんれん》してきた。

だが、それが裏目に出たのだ。

幾重もの肉襞のざわめきや締めつけを、ペニスがつぶさに感じ取って、得も言われぬ快美感が上昇してくる。

こうなったら一気に攻めて、里美に気を遣《や》ってもらうしかない。

「おおぅ、里美さん。イクぞ。そうら……」

がむしゃらに腰を打ち据えた。

ピタ、ピタンと乾いた音が撥ねて、

「あん、あん、あんっ……」

里美が甲高《かんだか》い声を放った。

「里美さん、もう、出る。出そうだ……」

「ええっ？……ぁあああん、もう少し……あんっ、あんっ、あんっ……」

「おおぅ、おおぅ、そうら、そら……うっ！」

ぐいと奥まで届かせたとき、分身が爆《は》ぜた。

熱い男液がじゅわっと放出される快感が全身にひろがり、寛之は少しでも里美を絶頂に近づけようと、なおも打ち込んだ。

里美は四つん這いの姿勢で、がくん、がくんと揺れながら寛之の放出を受け止めている。

おそらく気を遣るまでは至っていないだろう。

だが、脳味噌が蕩けるような絶頂感に支配されて、寛之には今更どうしようもないのだった。

放っているというより、搾り取られる感じだった。

このままじっとしていれば、また大きくなるかとも思ったが、もう分身は硬くなることはなかった。

すべてを出し尽くして、寛之は腰を引き、すぐ隣にごろんと横になった。

里美もベッドに横たわったので、右手を伸ばした。しばらくして、里美が頭を載せて、ぴたりと裸身を寄せてきた。

「ありがとうございます。我《わ》が儘《まま》を聞いていただいて」

耳元で、里美が言った。

「ああ……だけど、きみはまだイッてないだろ？」

「そんなことないです。わたし、ちゃんとイキましたから……気にならさないでください」

里美の気づかいがかえって惨めさを煽《あお》ってくる。

部屋に入ってくるときは意気揚々としていたのに、今は意気消沈している。

やがて、里美は胸板にかわいくキスをして、ベッドを離れた。

ひとりベッドに残された寛之が、ぼんやりと天井を眺めていると、里美がシャワーを使う水音が聞こえてきた。

第四章　和服美女を責めて

1

夕食を終えて、寛之はリビングのソファで寛《くつろ》ぎながら、遥香に求められるままに若槻里美との経緯を話していた。

「せっかく彼女のほうから誘ってくれたのに、いざとなったら、あっと言う間に出してしまって……いや、遥香さんの言うようにたっぷりと愛撫はしたよ。だけど、オチンチンが感じすぎて。ほら、中折れしないように、オナニーのやり方も変えたし、あなたに口でしてもらって、感覚を研《と》ぎ澄ませただろ？　それが、裏目に出たみたいで、あっと言う間に……若槻さんのあそこの具合が良すぎたってこともあるけど……」

「……そんなに具合が良かったんですか？」

「ああ、まあね。ミミズ千匹って感じで」

「そんな名器だったら、どうして彼氏が別れたんでしょうね？」

「たぶん、彼女の存在自体が重かったんだと思うよ」

自分に依存してくる女性とつきあうには、男にそれを受け止めていく強い覚悟が必要なのだろう。彼はそれをするには、まだまだ若すぎた。もっと気楽な女に目が移ってしまったのだろう。

「……それで、その後、若槻さんからはどうですか？」

ソファの隣に腰をおろした遥香が穏やかに訊いてくる。

「他人行儀ってわけではないけど、もう、誘ってはくれなくなったな。こちらから食事に誘えばついてくるけど、それ以上はね……やっぱり、期待に応えられなかったんだろうな。満足できなかったんだ」

遥香が少し考えてから言った。

「現実に戻っちゃったんでしょうね。早く出したからって、女性は男を見限ったりはしません。でも、女性はやはり自分を気持ち良くしてくれた男性には理性を超えたところでついていってしまう。それをお義父《とう》さまは与えることができなかったことは確かでしょうね」

「……そうか」

現実を突きつけられて、寛之はかなり落ち込んだ。

「せっかくのチャンスだったのに……もうダメだな。これじゃあ、旅に女の人を同伴するなんて、無理かもしれないね」

「そんなことはありません。だって、お義父さま、確実に前進しているじゃないですか。そうでしょ？」

以前は女性とベッドインするなど考えられなかったのに、今はまがりなりにも二人とセックスをした。一歩ずつ前に進んでいることは確かなのかもしれない。

「わたし、お義父さまには絶対に恋人同伴で行ってほしいんです」

遥香が身を乗り出してくる。

「ひとつ、訊きたいんだけど……遥香さんはどうしてこんなに熱心にしてくれるんだろう？」

「だって、わたしたちは家族でしょ？　血は繋がってないけど、家族でしょ？」

「もちろんだよ」

「わたし、家族が悔《くや》しい思いをして、打ちのめされるところなんか、絶対に見たくありません」

遥香の言うとおりだ。

現実に自分だけ同伴できなかったとしたら、冗談では済まされない。きっと深い傷を負うだろう。

「だから、頑張りましょうよ」

「……でも、自信を失くしたよ。ほんとうにあっと言う間に出してしまったからね」

「だったら、早漏《そうろう》を解消すればいいんでしょ？　できますよ」

遥香が右手を伸ばして、甚兵衛《じんべえ》の太腿にさり気なく置いた。

しかも、内側に添えているので、ぞわっとした快感が股間に向かって走り抜ける。

今日も、息子の光太は自分の立てたパックツアーの添乗で、沖縄に行っていて、家を留守にしている。

以前は週の半分以上は家に帰ってきていたが、最近は添乗することが多くなって、家で寝るのは週に一日二日しかない。

それだけ、自分のプランが採用されるようになった。つまり、勤務先の旅行会社で認められてきたということだろう。だが、嫁にしたら、たまらないだろう。

下世話なことを言うようだが、遥香は今、二十八歳の女盛りで、その肉体も熟れ盛りである。

帰宅したときに身体を合わせせられればいいのだろうが、この前、遥香は、

『光太さん、いつも疲れていて、ベッドに入るとすぐに眠ってしまうんですよ』

と、珍しく不満を洩らしていた。

子供もまだできないし、夫と接する機会も少なくて、遥香はあり余る愛情のぶつけどころを失っていて、それを義父に向けているのかもしれない。

結婚する前は旅行会社の受付で働いていたのだから、そのエネルギーの持って行きどころがなくて、寛之はその恩恵に浴しているのだろう。

遥香が手を内腿に添えたまま、言った。

「早速、今夜から、早漏防止作戦をはじめましょうよ」

「……いいけど。でも、どうやって？」

「わたしに考えがあります。お任せください」

きっぱり言って、遥香が立ちあがった。

2

二階の自室で、素っ裸になった寛之は、ベッドに腰かけて勃起したそれをしごいていた。

コーナーに置いてあるテレビの画面には、アダルトビデオの映像が流れている。

光太が所持していたＡＶ『温泉ツアー　初めての不倫』を、遥香が持ってきてくれて、それを自室のテレビで見ているところだ。

光太は旅行会社に勤めているのでこのタイトルなのだろうが、あまりにもダイレクトすぎて噴き出しそうだ。

遥香はというと、寛之のすぐ隣に腰をおろして、テレビに流れる映像とともに寛之がセンズリするところを興味深げに見ている。

こんな破廉恥《はれんち》なコスチュームを持っていたのか、と不思議に思うような、赤いシースルーのショートサイズのネグリジェ——遥香によれば、ベビードールと呼ぶらしい——を着ていて、しかも、下着は一切つけていないので、乳房のふくらみと乳首、そして、黒々とした恥毛が赤いスケスケの布地から透け出している。

そして、三十インチの画面では、浴衣姿の二十四、五歳のスレンダー系のAV女優が、スキンヘッドの中年男優のデカマラを口いっぱいに頬張っている。

友人と温泉巡りツアーに参加した欲求不満の若妻が、同じツアー客であるオヤジの執拗《しつよう》な誘いに乗って、初めての不倫をしているという設定である。

エッチビデオを見ながら、オナニーをして、射精しそうになったところでぐっとこらえることで、持続時間を長くしようという遥香の作戦だった。

『んっ、んん、んっ……』

浴衣をしどけなくはだけさせた若妻が、オヤジの巨根をいっぱいに頬張って、懸命に唇をすべらせる映像に目をやりながら、寛之も勃起をしごいている。

遥香の用意してくれたローションをたっぷりと使っているので、にゅるにゅるすべり、まるで膣に挿入しているような快美感がせりあがってくる。

「ああん、お義父さま、強くしごきすぎです」

隣の遥香が意見してくれる。

「ああ、悪かった。だけど、昂奮してくると、どうしても強く握ってしまうんだ。何十年もそうやってきたから」

「しょうがないお義父さまね」

遥香がベッドから降りて、寛之の前にしゃがんだ。

チューブからローションを出して、手のひらに溜め、それをなすりつけるようにして指で肉柱をちゅるちゅると揉み込んでくる。

「くっ、おい……」

「出そうになったら言ってくださいね」

「わ、わかったよ」

遥香は両手を動員して、糸を引く粘液を亀頭部から根元まで満遍《まんべん》なく塗りつけながら、巧みにマッサージしてくる。

いくら、早漏を治すためだとはいえ、息子の嫁が義父のオチンチンを手コキするのは明らかに常軌《じょうき》を逸《いっ》している。

そんなことはわかっている。それを言ったら、この前の風呂場でのフェラチオだって同じだ。

遥香は家族だから、寛之の同伴旅行のために恋人を作ることに協力してくれると言った。だが、家族だからこそやってはいけないことがある。

わかっている。十二分にわかっている。

だが、美人の息子の嫁がローションで手コキしてくれるというのを、誰が拒めるだろう。そんな義父がいたら、お目にかかりたいものだ。

遥香は右手で先のほうを包み込み、亀頭の丸みやカリの出っ張り、その裏のへこみをにゅるにゅると摩擦している。

それだけではない、左手では根元のほうを強弱つけて握りしごいている。

しかも、ベビードールとかいうスケスケの赤い布地からは、乳房のふくらみや乳首までもが透けているのだ。

テレビ画面では、若妻が浴衣を毟《むし》り取られ、布団に押し倒されるところだった。

『いけません。やっぱり、ダメっ！』

手足をバタつかせて抗《あらが》う若妻の両腕を、スキンヘッドが頭上に押さえつけて、乳房を貪りだした。

最初はいやがっていた若妻が執拗な乳首しゃぶりにあって、次第に感じはじめ、

『ぁあぁ、ぁああ……』

と顔をのけぞらせる。持ちあがってきた下腹部をぐいとつかまれて、

『ああ、いい！』

と、思わず歓喜の声をあげてしまう。

大きめの乳首をしゃぶられ、黒々とした翳《かげ》りの底に指を入れられて、身をよじりながら、抑えきれない悦びの声を洩らす若妻——。

しかも、遥香がここぞとばかりに、潤滑油ごとしごいてくるのだ。右手と左手で反対方向にねじるように茎胴をもてあそばれ、雁首を中心にちゅるちゅるっと勢いよく手コキされると、射精前に感じるあの切迫した甘い陶酔感が込みあげてくる。

「おおぅ、ダメだ。出るぞ、出る！」

寛之は自分からぐいぐいと腰を振りあげていた。

もうひと擦りで射精というところで、遥香がしごくのをやめて、亀頭冠のすぐ下をぎゅっと圧迫してきた。

ちょうど亀頭冠の真裏にあたる包皮小帯に、親指と中指があたっていて、指腹が噴

き出るものをそこで遮《さえぎ》るようにぎゅっと握りしめてくるのだ。

いったん噴きこぼれそうになった精子が通路を閉ざされて、ゆっくりと戻っていくのを感じる。

十秒ほどそのまま握りしめられているうちに、さしせまっていた射精感がまるで潮が引いていくようにおさまっていく。

「もう大丈夫みたいですね」

遥香が顔をあげて言う。

「ああ……」

「もう何度か我慢しましょうね」

そう言って、遥香は赤いベビードールをめくりあげて、頭から抜き取っていく。

ほぼ完璧と言っていいプロポーションと色白のむちっとした肌に生唾を呑んでいる間にも、遥香はローションを手のひらに溜めて、とろっと糸を引く透明な粘液を左右の乳房に塗りつける。

たわわな乳房が見る見る濡れ光り、オイルでコーティングされたようにてらてらと妖しい光沢を放ちはじめた。

「ど、どうするんだ？」

思わず訊くと、遥香はにっこりと微笑んで、胸を寛之の股ぐらに寄せてきた。

（まさかな……）

が、そのまさかだった。

遥香はたわわな乳房で屹立を左右から包み込んできた。

妖しくぬめ光る双乳の間から、滑稽《こっけい》な亀の頭が顔を出している。

そして、遥香が左右のふくらみをぎゅうと真ん中に集め、上下に揺すりはじめたので、ローションまみれの乳房がちゅるり、ちゅるりと肉棹を揉み込んできた。

「おっ……くおおぉぉ……」

寛之は湧《わ》き起こる快美感に酔いしれた。

豊かな弾力を持つ二つのゴム毬《まり》が、ぬるぬる、ちゅるちゅると肉棹に擦りつけられる。そのすべり動く潤滑性とふくらみの圧迫がたまらない。

はるか昔に、ソープ嬢にパイズリしてもらったという記憶はあるが、日常では女房にも他の女にもしてもらったことはなかった。

それを、息子の嫁がしてくれているのだ。

「どうですか？　気持ちいいですか？」

遥香が笑顔で訊いてくる。

「うん、あっ……いや……あまり経験がないから、驚いてるけど……でも、充分に気持ちがいいよ」

「良かったわ」

遥香が左右のオッパイを上下左右にいっそう激しく揺するので、揉み込まれる感じが強くなり、寛之はもたらされる愉悦を充分に味わった。

しかも、二メートルほど離れたテレビでは、オッサンが若妻の腰を持ちあげる形でクンニしていて、

『ぁああん、そこ……舐めて！　ぁああ、そこ……ぁああうぅぅ』

と、女優が迫真の演技で声を張りあげているのだ。

そのとき、寛之は亀頭部が温かいものに包まれる感触に、ハッとして下を見た。

遥香がパイズリからフェラチオへと移行していた。

肉棹に唇をかぶせて、ゆったりと顔を打ち振りながら、寛之の太腿をぬるぬるした手で撫でさすっている。

下を向いているので、ウエーブヘアが垂れ落ちて、その柔らかな毛先が下腹部に触れている。顔を上下動させるたびに毛先の触れ具合が違って、まるで刷毛《はけ》で撫でられているような心地好さがひろがり、全身が鳥肌立ってきた。

ローションは海草を主成分としていて、舐めても害にはならないと聞いたことがある。そして、ローションが付着している分、いつもより唇のすべりも良く、なめらかな快感がひどく気持ちがいい。

しかも、テレビではクンニを切りあげた男が、ふらふらになった若妻を今にも貫こうとしているのだ。

布団に仰向けになった若妻の足をすくいあげて、男がコーラの瓶ほどもある巨根を押し込みながらのしかかっていく。

『くっ……！』

若妻が顔をのけぞらせて、シーツを掻きむしった。

『ふふっ、なかはとろとろじゃないか。よっぽどこいつが欲しかったんだな。そうだろ、どうなんだ！』

『はい……欲しかった。ずっと欲しかった……ぁあああ、効く……あんっ、あんっ、あんっ……』

スレンダーな若妻が、尖っている乳房をぶるんぶるんと波打たせて、シーツを掻きむしっている。

遥香にもビデオの声は聞こえているはずだから、画面にファックシーンが映し出されていることはわかっているだろう。

唇のストロークのピッチが急にあがった。

「んっ、んっ、んっ……」

と、亀頭冠を中心に短いストロークで唇を往復させ、根元を指で強めに握ってしごかれると、いったんおさまった射精感が一気に込みあげてきた。

「おおぉ、ぁあああ……」

出したくなった。

射精しそうになったら報告するように言われていた。しかし、もう二度目であるしこの快美感は抑えようがなかった。

しかも、ビデオでは、足をV字にひろげた若妻が音の立つほど強烈に打ち込まれて、『あん、あん、あああんん……イッちゃう。もう、イッちゃう！』

逼迫した声を放っている。

「出る。出そうだ！」

熱いマグマが輸精管《ゆせいかん》を駆けあがってきた。

そのとき、温かい口腔が非情にも遠ざかっていき、発作を起こしかけた勃起の雁首を、遥香の指が締めつけてきた。

「くっ……！」

コンデンスミルクに似たしずくが尿道口からあふれた。

だが、放出したのはほんの数滴だけで、つづくはずの精液は指で塞《せ》き止められてしまっている。

小水を洩らしたような漏洩《ろうえい》感がどこか気持ち良かった。

だが、放出しそうになったものが引っ込んでしまったことの、搔痒《そうよう》感のほうが大きかった。

「遥香さん、出させてくれ」

思わず訴えると、

「ダメですよ。もう少し我慢しましょ。あと五分耐えたら、出してもいいです」

遥香が過酷なことを言う。

早漏を治すということは、つまり、自分の意志に反して洩らしてしまう精液を、コントロールすることだ。だが今コントロールしているのは、自分ではなく遥香であり、ちょっと違うような気もする。

しかし、こういう『止める』感覚を身につけることが、持続時間の延長に繋がるだろうことは納得できる。

テレビでは一度気を遣った若妻が、今度はバックで男に嵌《は》められていた。

しかも、女は広縁の窓につかまるようにして、立ちバックで男に責められていて、

『ぁああ、見えてしまう……いやよ、いや、いや……』

『だいたいの女は露出狂なんだよ。そうら、聞かせてやれ。見せてやれ。あんたのダンナさんがこんなところを見たらどうなるんだろうな？　案外、ダンナがネトラレて、犯されているあんたを見て、あそこをおっ勃《た》てるかもしれんな』

『……いや、もう、いや……ああ、ダメッ……あっ、あっ、はうぅぅ』

『そうら、感じているじゃないか。このインラン妻が。オマ×コ、ぬるぬるだ。したたってるぞ。とろとろとオツユがしたたってるぞ』

『ああ、言わないでください……うん、うんっ、んっ……ぁああ、どうして？　どうして、こんなに気持ちいいのよぉ……あんっ、あんっ、あんっ……』

ビデオでは濡れ場が佳境を迎えていた。

そして、その映像を眺めている寛之も、そのいやらしすぎる設定にまたまた劣情を催してしまう。

それは遥香も同じらしく、遥香は寛之のいきりたちを頬張りながらも、右手を太腿の奥へと忍ばせて、くちゅくちゅ言わせている。オナニーしているのだ。

肉棹を咥えた唇の隙間から、抑えきれない喘ぎを洩らしては、湧きあがる昂《たかぶ》りをぶつけるように、屹立に唇をかぶせて、大きくスライドさせている。

さっき射精しそうになった残滓《ざんし》があるのか、寛之もまた出したくなってきた。

だが、まだ五分は経っていない。

何とかして気を紛らわしたい。発情している遥香にも触れたくなって、右手をおろし、乳房に届かせた。

溶液ですべる乳肌をたぷたぷと揉みあげ、弾ませ、そして、頂を指先で転がした。

乳首もローションまみれで、つるっつるっとすべる。

ならばと、親指と中指で挟んで、こねてやる。すでにカチカチの突起がちゅるり、ちゅるりと躍って、それが気持ちいいのか、

「おっ……おあっ……」

遥香は頬張ったまま、背中をいやらしくくねらせる。

こうして乳首を攻めている間は、フェラチオの勢いがなくなるので、何とか射精しなくて済むようだ。

(そうか……出そうになったら、女体を愛撫して、そちらに注意を逸らせばいいんだな)

寛之は持続時間延長のためのひとつの方法を見つけたような気がした。

『ぁあああ、ダメっ……イッてしまう。イッてしまう』

テレビでは、若妻ががくん、がくんと頭を揺らし、今にも昇り詰める寸前だった。

(そろそろ五分経っただろう。どうせ出すなら、ビデオと合わせるか。射精を自在に操るのが、上手い男だ)

寛之は乳首を離して、訴えた。

「遥香さん、もう五分経った。そろそろ、出していいかい？　ビデオに合わせて出したいんだ」

すると、遥香はいったん肉棹を吐き出して、言った。

「いいですよ。こことというときに射精する技を学んでください。わたしも協力しますから」

その目がとろんとしていて、顔も上気していて、遥香自身も気を遣りたがっていることは明白だった。

「じゃあ、遥香さんとセックスしてる気持ちでやるよ。それで、いいかい？」

確認すると、遥香ははにかんで、うなずいた。

「じゃあ、遥香さんもイッてほしい」

色白の顔をぼぅと桜色に染めた遥香が、うなずいて、勃起に唇をかぶせてきた。

ゆったりと唇をすべらせながら、右手は翳りの底に押し込んでいる。

「んんんっ……んんっ……おおおぉぉ」

さしせまった声を洩らしながら、遥香は徐々にストロークを速め、さかんに股間を掻きむしっている。

チャ、チャッ、チャッ――。

水音が立ち、遥香はもう我慢できないというように腰をくねらせ、湧きあがる愉悦をぶつけるように、屹立を激しくしごいてきた。

亀頭冠を中心に唇を素早く往復させながら、根元を左手で握って強めに擦っている。

テレビでは、パン、パン、パンと音が出るほど後ろから打ち込まれた若妻が、

『ああああ、イクぅ……あっ、あっ』

と痙攣しはじめ、

『そうら、ぶっかけてやる。中出ししてやる。そうら』

スキンヘッドが連続して、腰を叩きつけた。

「……んっ、んっ、んっ……」

現実の世界では、遥香がスパートして、激しく顔を振っている。

寛之のほうもどんどん快美感がひろがってきて、もうにっちもさっちも行かなくなった。

「おおぅ、イクぞ。出すぞ。遥香さんのなかに……おっ、おっ、くおおぉ！」

「んんんっ……」

「くおおぉぉ……！」

寛之は下腹部を突きあげながら、欲望の塊《かたまり》をしぶかせていた。

口腔目がけて発射される熱い原液を、遥香は肉棹を咥えたまま受け止め、喉を低く鳴らしながらも、がくん、がくんと痙攣している。

気を遣ったのだろう。

絶頂に昇りつめながら、遥香は寛之の精液を呑んでくれている。

夢のような時間だった。

脳天にまで響きわたるような放出感のなかで、寛之はこの気持ち良すぎる瞬間を味わい尽くした。

遥香の協力もあって、寛之は自信を取り戻しつつあった。あとは女性に恵まれれば、どうにかなりそうな気がする。

3

だが、お相手がなかなか見つからなかった。

遥香に勧められて、シルバー世代を対象とした出会い系バスツアーに参加したものの、残念ながら女性から声はかからず、自分が選んだ相手も気に入った男が他にいたようで、見事なまでに討ち死にした。

カルチャーセンターの歴史講座の旅行で、一度は男女の関係になった香山美可子は、結局、あの若い起業家とできてしまったようで、講座に出ても、彼女は彼の隣に座って楽しそうに話しているので、声をかける気にもならなかった。

そして、寛之が香山美可子に手を出して振られた――という噂がひろがってしまい、寛之が声をかけても、他の女性たちは乗ってこない。

嘱託ながら経理のチーフを任されている清掃会社では、若槻里美はどうやら現場の責任者をしている二十八歳のイケメンと恋仲になったようで、最近は寛之も彼女を食事に誘うのを自重している。

どうにかして女性との出会いの場をと、近所のＮＰＯ法人のやっているボランティアの市民活動に出たりしたが、これという女性との出会いはなかった。

そうこうしているうちに、十月も過ぎて、いよいよかつての同僚たちとの同伴旅行まであと二カ月を残すのみとなった。

焦りと諦めの境地が相半ばしていた十一月の初旬、遥香が家に女の人を連れてきた。

「お義父さま、紹介します。こちら、倉田《くらた》暁美《あけみ》さん。料理教室の先輩です。こんなに美人なのに、独身なんですよ」

紹介された女性を一目見た瞬間に、おっと思った。

落ち着いた小紋《こもん》の着物をつけた女性は、昨日、遥香から三十四歳で、バツイチだと聞かされていた。

寛之を伏目がちに見る表情には恥じらいがあり、着物を着ているせいもあるだろうが物腰も柔らかくて、寛之の好みのタイプだったのである。

遥香が彼女を呼んだのは、料理を教えてもらうためらしかった。

もちろん、倉田暁美も料理教室の生徒なのだが、通っている年数も長く、料理教室の先生が彼女を右腕として頼りにするほど調理の腕はプロ級なのだという。

「すみません。わたし、ほんとうに覚えが悪くて、すぐに忘れてしまって」

「いいのよ。どうせ暇ですもの。遥香さんのお力になれれば、本望だわ」

「じゃあ、すみません。キッチンでちょっと教えていただけますか？　あっ、お義父さまはそこでテレビでも見ていてください。できあがった料理を試食していただきますからね」

今日の遥香はかなり強引だった。

寛之も今日は会社が休みですることがないから、テレビを小さな音でつけて、時々、キッチンで遣り取りをする二人のほうに視線をやる。

着物が汚れないように割烹着《かっぽうぎ》をつけた暁美は、見た目よりもテキパキと動き、調理法の説明などもわかりやすかった。

髪は着物に合うように斜めに流して後ろでまとめ、顔は穏やかな和風美人で、性格的にもしっかりしていつつも、やさしげで包容力がありそうなところが良かった。

昨日の遥香の話では、暁美は関西にある老舗《しにせ》の呉服屋の娘で、二十八歳のときに東京在住の男と結婚したものの、子供もできず、三年後に離婚した。

それ以降、関西には帰らず、東京のマンションにひとり住まいをしているらしい。

途中から、肉じゃがのいい匂いがただよってきて、料理が完成したらしく、

「お義父さま、ご試食を頼みます」

遥香に言われて、寛之はダイニングテーブルについた。

出された肉じゃがと和《あ》え物を試食して、驚いた。これまで遥香の作った肉じゃがとはまったく違っていた。

「うん、美味《おい》しいよ。ジャガイモはほくほくしてるし、出汁も効いてる。遥香さんがこれまで作ったなかで、最高の肉じゃがだな」

褒めると、遥香ばかりか、暁美もほっとしたように顔をほころばせた。

割烹着を脱いで、落ち着いた小紋を身につけた暁美は、抑え気味の笑顔がまた品が良くて、しかも愛らしさがあった。

しばらくして、遥香が用を思い出したから、三十分くらい出てきます、と二人を置いて家を出て行った。

そのやり方もわざとらしかった。ああ、そういうことか、と思った。

遥香はおそらく倉田暁美を、和《なご》んだ場で自分に出逢わせたかったのだ。

料理の腕前をそれとなく見せることで、寛之に暁美の家庭的なところをアピールしたかったのだろう。

寛之がなかなか女性を見つけられないのに業《ごう》を煮やして、暁美を恋人候補として何気ない形で紹介したかったに違いない。

そして、聡明そうな暁美も、遥香の意図を理解したのだろう。

「ふふっ、わたしたち、遥香さんの計略に嵌まったようですね」

と、微笑む。その、やや上目遣いに同意を求める表情がとても魅力的で、もっと言えばセクシーだった。

「してやられましたね……だけど、あれでしょ。私みたいな年寄りでは、倉田さんもつまらないでしょう？」

つきあうとすれば最大の問題点を話題にして、反応をうかがった。

「そんなことはないです。わたしは男と女は年齢は関係ないと思っているんですよ」

「私もじつはそう思います。でも、もう五十二歳ですからね……」

「ええ、そうですか？　すごくお若く見えますよ。せいぜい、四十代後半くらいにしか見えないわ」

「そうですか？」

「ええ……それに、わたし、じつを言うと、安西さんくらい歳が離れていらした方のほうが好きなんですよ。自分も落ち着くんです……以前からそうでした」

暁美の話を聞いて、寛之は彼女が離婚した男は何歳くらいだったのだろう、と思った。と、暁美が言った。

「お聞きになっていらっしゃるも知れませんが、じつはわたし、バツイチで。その相手が同年代だったんです。それで、上手くいかなかったのかもしれませんね」

やはり、察しがいいようだ。

その後、趣味の話をしているうちに、暁美も歴史好きで、愛読している歴史小説家も同じであることがわかり、一気に二人の距離が縮まった気がした。

「じつは今、カルチャーセンターの歴史講座を受けていましてね。この前は、名城巡りツアーに行ってきました」

「いいですねえ。わたしも行きたかったわ」

そう乗ってくる暁美は、老舗のお嬢様にありがちなプライドの高さはなく、とても気さくな感じがして、いっそう親しみを覚えた。

「今の講座はもう終わりなんですが、すぐにまた新しい歴史講座がはじまるみたいで。もし良かったら、講座に出られたらどうですか？」

「でも、ひとりじゃあ、心もとないもの。安西さんが講座をお受けになるなら、わたしも受講したいわ」

「もちろん、私も受けますよ。待ってください。パンフレットがありますから」

寛之はリビングに置いてあったパンフレットを一部、暁美に渡した。

新しい講座の内容を説明しているうちに、遥香が家に戻ってきて、暁美ももう夕方だからと、帰っていった。

二人になって、寛之が問い詰めたところ、遥香が言った。

「ばれましたか？　ゴメンなさい。わたしも恋のキューピッド役をしたくて……倉田暁美さん、とても素敵な方でしょ？」

「うん、素敵な人だ」

「ねっ？　見込んだとおりだわ。わたし、暁美さんなら絶対にお義父さまと合うと思っていたの。暁美さんもお義父さまのこと、気に入ったように感じたんだけど、どうでした？」

「……歴史好きなところも共通点があるし、次の歴史講座に、私が行くのなら通いたいって、言ってくれたよ……それに、歳の離れた男のほうが落ち着くって言うし」

「でしょ？　良かったわ。上手くいきそうな気がする……で、お義父さま、どうするんですか？　作戦を考えましょうよ」

「ええ……？」

「だって、もう時間がないんですよ、旅行まで」

「確かにそうだけど」

「じゃあ、作戦を練りましょ」

遥香が目をキラキラさせて近づいてきた。

息のかかる距離で、寛之は遥香の言葉に耳を傾けた。

4

一カ月の間、寛之は倉田暁美との仲を育《はぐく》んだ。

もう失敗したくなかったし、暁美とはいい関係になれそうな気がした。

新しくはじまった歴史講座に暁美も入会するというので、カルチャーセンターに同伴し、あらたにはじまった講座の後にも食事をともにしたり、映画を見に行ったりした。

そして、十一月の末、寛之は勝負に出た。

クリスマス前の同伴ツアーまで一カ月しかない。ここで失敗したら、もう後はないというところまで追い詰められていた。

ホテルで夕食を摂り、そのままできればホテルの部屋で——と計画し、ワンランク上のホテルの部屋を予約した。

当日の午前中に理髪店に行き、髪形をととのえた。

遥香に言わせると、若くスタイリッシュに見せるには、髪のサイドを短くして、フロント部分の高さを出せばいいのだという。髪に整髪料をつけてべちゃっと押さえつけてしまうと、トップが低くなってオジサンの髪形になってしまうらしいのだ。

眉にも手を入れて、長く伸びてしまっていた眉毛を短くし、眉尻も少し剃《そ》ってすっきりしたものにしてもらった。

そして当日、寛之は遥香とともに選んだスーツを着て、ネクタイもお洒落《しゃれ》なループタイに変えた。

家を出る前に鏡で確かめると、ちょっとダンディで渋い感じのオジサマが鏡のなかにいた。

「いい感じだわ。お義父さま、絶対にイケますよ。自信を持って」

励まされて、遥香に送り出された。

ホテルのチェックインを終えた寛之がラウンジで待っていると、暁美がこちらに向かって歩いていた。

その垢《あか》抜けした着物姿に見とれた。

無彩色の、白から黒へと至るグラデーションが美しい、センスのいい訪問着を着て、手に黒いバッグを持っている。

髪をシニョンにまとめた暁美が笑みを浮かべて、しゃなりしゃなりと歩いてくるのを見て、寛之は胸がきゅんとした。近くにいた外国人なども、目を丸くして口々に彼女を称賛している。

寛之は誇らしい気持ちで暁美を出迎え、予約してあったスカイレストランにエスコートしていく。

十五階にある都心の夜景を眺望できる窓際の席で、二人はディナーのコースを摂る。建ち並ぶ高層ビルや、赤い照明に浮かびあがった東京タワー、独特の色合いを示す、飛び抜けて高いスカイツリーを眺めながらの、暁美との夕食は心が寛ぐものであり、また、同時に胸が高鳴るものだった。

ワインを傾ける暁美は、笑顔を絶やさず、話題も豊富で飽きることがない。

たっぷりと時間をかけたディナーもそろそろ終わりに近づき、寛之は思い切って、誘った。

「今夜は、これから時間がありますか？」

「ええ、大丈夫ですよ。わたしを待つ人はいませんから」

「じつは……部屋を取ってあるんです。……その、暁美さんと二人きりでゆっくりとこの夜景を眺めたくて……」

もし断られたら、自分は立ちあがれないほどのショックを受けるだろう。居たたまれない気持ちで返事を待っていると、

「いいですね。わたしもそろそろ二人だけで夜景を眺めたいと思っておりました」

暁美が艶《なまめ》かしい視線を送ってきた。

(やったぞ……!)

寛之はデザートのアイスを急いで口に運んだ。

二人はディナーを終えて、客室に向かっていた。

2101室のドアを開けて、寛之が先に入り、暁美を通してドアを閉める。カチャッとかかった自動ロックの音が、寛之を緊張させる。

角部屋で他の部屋より広く、窓の開口部が二面あって、奥まったところにダブルベッドが置いてある。

暁美のために奮発したワンランク上の客室だった。

寛之がカーテンを開けると、L字をなす大きな窓から都心の夜景が目に飛び込んで

きた。

「きれいだわ」

無邪気な歓声をあげた暁美が、窓に駆け寄って、夜景を眺める。

髪を結いあげた、グレイの着物の後ろ姿が、自分を誘っているように感じて、寛之は後ろから慎重に抱きすくめた。

予期していたのか、暁美はそのままごく自然に寛之の抱擁《ほうよう》を受け入れている。

シニョンにまとめられた髪から椿《つばき》油だろうか、芳《こう》ばしい植物性の芳香がただよい、寛之は一気に昂揚する。

後ろから両手で包み込みながら、言った。

「今夜は雲が少ないから、星がよく見えますね」

「ほんとうね……きっと、わたしたちの心がけがいいからね」

「私は、きっとそんなに良くないですよ。悪いことばかり考えてる……」

「たとえば……？」

「たとえば……こんなことです」

寛之は、白い半襟がのぞく胸元から右手を静かにすべり込ませた。

長襦袢《ながじゅばん》の内側へと差し込むと、妙に温かい肌を感じた。そのままさらに奥へと忍び込ませると、胸のふくらみがじかに手のひらへ豊かな実りを伝えてくる。

「こんな年寄りで申し訳ないけど、暁美さんが好きなんだ。あなたを抱きたい。いけませんか？」

思い切って告白する。

と、暁美は「いけないってことはないです」と顔を伏せたまま答える。

「良かった。二人は釣り合わないような気がしていたから……」

「そんなことはないです。わたし、バツイチですよ」

「暁美さんは最高の女性だ。別れた亭主の気持ちがわからない」

そう言って、後《おく》れ毛の悩ましいうなじにキスをすると、ビクッと、暁美の頭が後ろに振られた。

「会ったときから、こうなればいいなと思っていました」

耳元で囁き、耳殻《じかく》に後ろからキスをし、ふっくらとして紅潮した耳たぶを頬張るようにして、ちろちろと舌を這わせた。

「ぁあああん……」

暁美が震えながら、帯の締められた身体をゆだねてくる。

寛之は胸元に差し込んだ右手で、乳房をじかにつかんですくいあげる。

じっとりと汗ばんだ乳肌が豊かなふくらみを示しながらも、手のひらにまとわりついてくる。

着物の圧迫を押し退けながら、頂上の突起を指腹に挟んだ。

まだ柔らかな乳首を引っ張りだすようにして左右にねじると、そこはたちまち硬くなって、根元からしこってきた。

突起の側面をこねながら、頂上もかるく擦りつける。

「んんっ……ダメっ。そんなことしては、いけません」

「なぜですか？」

「だって……だって……ぁああ、ぁあああうぅぅ……あっ、あっ」

暁美が顔をのけぞらせながら、がくん、がくんと腰を落とした。

「すごく、感じやすいんですね」

「だって……もう、長いことしていないから……だから……ああ、それ、ダメっ……あっ、あっ……」

円柱形に勃起した乳首をこねまわして、トップの角を指で丸くなぞると、それが感じるのか、暁美がもう立っていられないとでも言うように、震えながら身体を預けてくる。

寛之は今度は左手を胸元にすべり込ませて、反対側の乳房を揉み込みながら、右手で腰を撫でた。

たちまちしこってきた乳首をこね、着物越しにヒップを撫でまわした。

と、暁美は喘ぎながらも、右手を後ろにまわして、寛之の股間に手を伸ばしてきた。ズボンの上から、情熱的に揉まれるうちに、分身はずんずん力を漲らせ、ついにはズボンを押しあげる。

「あああ、立派になってきたわ」

暁美がくるりと向き直った。着物の襟元がはだけて、白い半襟とともに乳房の裾野が目に飛び込んでくる。

暁美は右手を股間から離そうとはせずに、撫でさすっている。その仕種《しぐさ》で、彼女がいかにそれを欲しがっているかがわかった。

「ソファに行きましょうか」

コーナーに置いてある二人用のソファの前まで歩いて行く。

暁美はスーツの上着を脱がせてくれ、さらに、ズボンとブリーフを引きおろして、足先から抜き取った。

下半身だけすっぽんぽんで靴下という姿をみっともなく感じたが、仕方がない。

「あの……お座りになってください」

言われるままにソファに腰をおろすと、暁美が前にしゃがんだ。

肉棹を握って、ゆるゆると擦りながら、見あげてきた。

「いきなりこんなことをして、軽蔑《けいべつ》なさらないでくださいね」

「そんなことは思わないよ……着物姿の暁美さんに、すごく昂奮してるよ」

暁美は自分の姿を見て、はにかんだ。それから、羞恥を振り切るように、肉棹に唇をかぶせてくる。

ほんとうはもっと丁寧にしたいのだが、逸《はや》る気持ちがそれを許してくれないとでも言うように、焦り気味に唇をすべらせる。

いったん吐き出して、今度は浮き出ている血管の曲線をなぞるように舐めあげてくる。

のたくる血管に沿って舌を丹念に這わせ、それから、雁首の裏筋の発着点をちろちろと舐めてくる。

唾液をたっぷり載せた舌で亀頭冠の裏をくすぐりながら、暁美は上目遣いに見あげてきた。

目と目が合い、はにかんで目を伏せた。

それから、もう一度見あげて、今度はじっと寛之を見つめながら、いっぱいに出した舌を大きく使って、包皮小帯を攻めてくる。

どこか媚《こ》びを含みながらも、挑みかかるような瞳が途轍もなく色っぽかった。

暁美は上から亀頭部に唇をかぶせて、ゆったりと顔を振りはじめた。

いいところのお嬢様で家庭的でもある三十四歳の美人が、自分のような男ヤモメの愚息を一心不乱に頬張っている。気持ち良くしようと奉仕してくれている。

自分はこんないい女が尽くす価値のある男なのだ——。

少なくとも、今はそう感じることができる。この瞬間がいつまでもつづけばいい。

肉厚な唇が敏感な箇所をすべっていく快美感に酔っていると、突然、暁美が背中に手をまわして、帯締めと帯揚げを解きはじめた。

さらに、お太鼓《たいこ》の結び目を器用にほどいて、シュルシュルッと衣擦《きぬず》れの音を立てて、帯を解いていく。

リンゴの皮のように剝かれた帯が床にとぐろを巻いた。

それから、暁美は訪問着を両肩からすべり落としたので、薄いピンクの長襦袢が姿を現した。

まるで染井吉野《そめいよしの》の花びらを散らしたようだ。

と、暁美は髪の後ろに手を添えて、結び目を崩し、肉棹を頬張ったままかるく頭を振った。すると、まとまっていた黒髪がほぐれながら生き物のように枝垂れ落ちて、桜色の肩に散った。

（色っぽすぎる！）

これで、欲情しない男などいやしない。

暁美はピンクの袖口から伸びた手で、寛之の開いた太腿を撫でながら、ゆるやかに唇をすべらせる。

枝垂れ落ちた黒髪、品良く高い鼻梁《びりょう》、そして、Oの字に丸まったぷっくりした唇がおぞましい肉の塔にまとわりつきながら、行き来する。

白足袋《たび》に包まれた小さな足が、カーペットの上できちんと揃えられているのを目にしたとき、寛之はこれ以上ない至福を感じた。

顔を振る振幅と速度が増し、先端から根元までずりゅっ、ずりゅっと唇でしごかれると、寛之は受身ではいられなくなった。

5

全裸になった寛之は、暁美をベッドに仰向けに寝かせ、のしかかるようにして唇を奪った。

キスは得意ではない。しかし、今の燃えるような思いを伝えるには、キスが一番だった。

顔の角度を変えながらついばむようなキスを浴びせ、さらに、唇を押しつける。わずかに開いた唇の間に舌を差し込むと、暁美の舌が待ちわびていたとでもいうように、からんできた。

二人の唾液が混ざり合い、口腔粘膜に舌が届き、二人はひとつになりたいという気持ちをお互いに伝えつつ、舌を動かす。

脳味噌が蕩《とろ》けるような陶酔感のなかで、右膝で長襦袢を割ると、

「んっ……んっ……んんっ」

暁美はくぐもった声を洩らしながら、太腿をよじり合わせて、寛之の膝を挟み込んでくる。

ずりずりと交互に動かしながら、時々、下腹部の翳りを擦りつけてくる。

暁美はパンティをつけていなかった。

(そうか。スカイレストランで食事をしているときも、着物のなかはノーパンだったんだな)

想像すると、強い昂奮がうねりあがってきた。

キスをする間も、暁美は寛之の背中や腰を撫でさすり、白足袋に包まれた足でずりずりとシーツを蹴る。

寛之はキスをおろしていき、長襦袢の左右の白い半襟をつかんでぐいと開きながら、押しさげていく。

V字の開口部がひろがり、丸い肩がのぞき、二の腕まであらわになると、暁美は自分で腕を袖から抜いて、もろ肌脱ぎになった。

まろびでてきたたわわな双乳に目を奪われながらも、長襦袢を伊達《だて》締めまで押しさげる。

あらわになった上半身は、息を呑まずにはいられないほど色白で、まろやかで、乳房もたわわに実り、三十四歳の熟女の匂い立つような色香をたたえていた。

「恥ずかしいわ……」

暁美が両手をクロスして、乳房を隠した。

「どうして？」

「……乳首が大きいでしょ？」

「いや、そんなことはないよ。ちょうどいい大きさに見えた」

「そう、ですか？」

「ああ、オッパイ自体が豊かなんだから、乳首もそれなりの大きさをしていないと、バランスが取れないよ」

そう言って、両手の肘をつかんで、顔の横に押さえつけた。

「ぁあぅぅ……」

と、暁美が顔をそむけた。

あらわになった乳首は確かに標準より大きかったが、乳暈と乳首、そして、本体の割合がちょうど良く、しかも、セピア色の中心が赤みがかっていて、むしろ、美しいと思った。

「きれいだよ。バランスがいい。それに、多少大きいほうが愛撫のしがいがある」

寛之はふくらみの中心に顔を寄せて、かるく頬張った。

なかで舌をからませ、唾液で濡らし、それから、舌を上下左右に使って、突起を弾いた。

頬張って強めに吸うと、乳首が哺乳瓶の吸口のように伸びて、

「あああぁ……」

暁美の洩らす喘ぎの質が変わった。

今度は甘噛みしてみた。乳首の根元にかるく歯列をあてて、歯軋りするように動かすと、

「あああああうぅぅぅ……それ！　あっ、あっ……」

暁美は喘ぎを長く伸ばし、下腹部を寛之の膝に擦りつけてきた。

（そうか。暁美さんは強めの愛撫のほうが感じるんだな）

反対側の乳首も甘噛みすると、暁美はいっそう逼迫した喘ぎを洩らして、下腹部を押しつけてくる。柔らかな翳りの底がぬるっとしていた。

（こんなに濡らして……）

寛之は両手をベッドに押さえつけたまま、顔を横のほうに移し、腋の下にしゃぶりついた。

腋窩《えきか》独特の濃厚な匂いを感じつつ、窪みにキスをし、舌を上下に往復させる。

「ああ、いや……恥ずかしい。そこ、恥ずかしい……」

「いい匂いがする。それに、汗ばんでいて、塩味が効いてる」

「だから言ったじゃない……許して。許してください。そこはいやなの」

腋臭《わきが》でもないし、なぜ暁美がこんなにいやがるのかわからない。だが、その身も世もないといった悶え方が、寛之の劣情をかきたててくる。

腋の窪みも執拗に舐め、吸っているうちに、暁美の様子が変わってきた。

「あっ……あっ……」

と、声をあげ、肢体を震わせる。

(ここも強い性感帯なんだな)

唾液でべとべとになるまで舐めしゃぶると、震えが細かい痙攣に変わり、上体はよじれ、下腹部が縦に振れはじめた。

「いやなの。そこはいやなの……ぁああ、ぁあああうぅぅ」

長襦袢のはだけた下腹部がいっぱいにせりあがって、その状態でぐぐっ、ぐぐっと花芯をせりあげる。

明らかに濡れているとわかる女陰の狭間が赤い中身をのぞかせて、ぬらぬらと光っている。

たまらなくなって、寛之は両手を押さえつけるのをやめて、その手で脇腹を撫でおろし、またなぞりあげる。

ほどよくくびれた細腰はすべるほどの汗をかき、両手の指を刷毛のようにして脇腹をスーッ、スーッとなぞると、

「ああぁ、ぁあぁぁ……」

抑制の意志を放棄したように、暁美は腰を振り立てる。

寛之は身体を足の間に割り込ませ、太腿を抱えるようにして、繊毛の底にしゃぶりついた。

舐めやすくするために、膝裏をつかんで足をあげると、まとわりついていたピンクの長襦袢が完全にはだけて、女陰の全貌があらわになった。

よじれたような厚めの陰唇がひろがって、肉襞の入り組んだサーモンピンクの内部がさらされている。

洪水状態で透明なオツユが陰唇はおろか、会陰部にまでしたたり落ち、全面がコーティングされたようにぬめ光っていた。

じっと見つめているだけなのに、ぽつんとした尿道口がひくつき、下の膣口が喘ぐようにうごめきはじめた。

「ああ、見ないで！　見ないでください」

羞恥に身を揉む暁美。

寛之はいっぱいに出した舌で、潤みの源泉をぬるっ、ぬるっとなぞりあげる。その勢いのまま上方の肉芽をピンッと撥《は》ねると、

「くうぅぅ……！」

暁美は大きく腰をせりあげる。

「申し訳ないけど、自分で膝を持ってもらえないかな？」

「……こうですか？」

寛之が頼むと、暁美はおずおずと両膝をつかんで、自分の胸のほうに引き寄せる。と、M字に開いた太腿の奥の女の証《あかし》がますますさらけだされる。

鶏頭の花のような肉びらの外側の皮膚に、ツーッ、ツーッと舌を走らせると、ここも感じるのか、

「あ……あっ、そこ……」

暁美が身をよじった。陰花の中心からとろっとした蜜があふれて、会陰部に向かって伝い落ちる。

(敏感な身体をしている)

女性の反応が強ければ、男も昂る。

寛之は両手の人差し指を陰核の根元に添えて、マッサージをする。クリトリスにも根っこがある。そこを揉みほぐし、皮をかぶっている肉芽を圧迫してやると、

「ぁああ、ぁああ……いい！　いい！　おかしくなる。寛之さん、わたしおかしくなっちゃう」

「いいんだよ。おかしくなって……おかしくなってほしい。いいんだ。抑えることはないんだ」

そう説いて、包皮ごと陰核をくりくりと転がす。

指で包皮を引っ張りあげるようにすると、つるっと莢《さや》が剝けて、本体が現れた。

珊瑚色にぬめる肉真珠はやや大きめで、おかめのような顔をして、見事な光沢を放っている。

顔を寄せて、肉真珠を舌で弾いた。

同じリズムで横に撥ねる。舌を横揺れさせ、当たる位置を肉芽の上部から下部へと移動させながら、リズムを崩さないで舐める。

遥香から、同じリズムをつづけたほうが、女性はイキやすいのだと聞いていた。

舌が疲れてきた。それをこらえて、れろれろろっとクリトリスを刺激しつづけると、暁美の気配が変わった。

「あっ……あっ……ぁああ、イキそう……寛之さん、わたし、イッちゃう……」

「いんだよ。イッて……」

ともすれば速くなるリズムを抑えて、規則的に舐めつづけると、下半身がぶるぶると震えはじめた。

持ちあげられている白足袋に包まれた小さな足の親指が反りかえった。

「あっ……あっ……ぁああ、イキます……くっ！」

その瞬間、足が爪先までピーンと伸びた。

暁美はもんどり打つようにして下半身を一直線にし、その直後、がくん、がくんと躍りあがった。

6

オルガスムスが去るのを待って、伊達締めを解き、長襦袢を脱がした。

生まれたままの姿になった暁美は、色白でむっちりとした身体をところどころ朱に染めて、一度昇りつめた女のしどけない色気を伝えてくる。

仰向けにして、ふたたび恥肉を舐めると、暁美はもう我慢できないとでもいうよう

に、

「ください。ください」

と、さしせまった表情で繰り返した。

クリトリスで気を遣ると、膣のほうも感じやすくなって、膣でもイキやすいのだと遥香が言っていた。

そして、寛之の不肖のムスコも先走りの粘液をこぼして、いきりたっていた。

長時間の愛撫の後にも、疲れを見せずに勃起していることを、寛之は誇らしく感じた。これも、遥香が様々な方法で鍛えてくれたお陰である。以前の寛之ではこうはならなかった。

暁美の膝をすくいあげて、女の泥濘《ぬかるみ》に亀頭部を擦りつけると、

「ぁああ、ぁああ……気持ちいい。もう、これだけでイッちゃいそう」

暁美が焦点の定まらない、潤みきった瞳を向けてくる。

じっくりと腰を進めてみたが、とば口が窮屈でなかなか入っていかない。

(そうか、しばらくしていなくて、膣口が硬くなっているんだな)

角度を変え、さぐりながら腰を入れていくと、ようやく何かがプツッとほぐれるような感触があって、あとはスムーズに潜り込んでいく。

きつきつの肉路を押し広げていくと、

「くぅう、はぁああ……」

暁美が顎をせりあげた。

(キツい……!)

すでに内部は充分に潤っていたが、もともと締めつけがいいのだろう、筒状の粘膜の入口と途中がきゅっ、きゅっと圧迫してくる。

(二箇所で締めつけられる……俵締《たわらじ》めか)

ようやく早漏が治ったと思ったら、今度も俵締めの名器か——。

だが、これは感謝すべきことだ。

歯を食いしばって、ゆったりと抜き差しをすると、徐々にきつさはなくなり、ストロークがスムーズになっていった。

だが、気を抜いたら、二段締めにあって、呆気《あつけ》なく洩らしてしまうかもしれない。

深く打ち込むのを諦めて、腕立て伏せの形で膣肉を擦りあげるように腰をつかった。

と、敏感なクリトリスが刺激されて気持ちいいのだろう、暁美は寛之の立てた腕を握って、

「あっ……あっ……ぁああ、いい……蕩けそう。蕩けそう」

愉悦に酔っているようなとろんとした目を向けてくる。

次第に打ち込みのピッチをあげていくと、いきなり、入口と奥のほうがぐぐっと肉棹を締めつけてきた。

「くくっ……！」

一気に射精感が押し寄せてきて、寛之はあわてて動きを止める。

すると、暁美がもっととばかりに寛之の腰に足をからめ、踵で腰を引き寄せながらぐいぐいと恥肉を擦りつけてくる。

「おおぉっ……くぅぅ」

内部の肉襞がきゅるきゅるっと締めつけながら、全体が波打つようなうごめきに、寛之は歯を食いしばる。

（ダメだ。これでは……）

こんなときは、女性を愛撫して気を散らすのに限る。寛之はがばっと顔を伏せて、乳房にしゃぶりついた。

片方の乳首をちろちろと舐めながら、もう一方の乳首を指でいじり、転がす。

「あああ、気持ちいいの……それ、気持ちいいの」

暁美がまた下腹部を持ちあげて、濡れ肉を擦りつけてくる。ぐにゃり、と粘膜がひしゃげながら分身にからみついてくる。

だが、今度は何とかして耐えられそうだ。

暁美がきつめの刺激に弱いことを思い出して、顔をあげて、両手の指で左右の乳首を圧迫して、押しつぶさんばかりにこねてやる。

「ぁあああ……いい！　くうぅぅぅ」

暁美が両手を頭上にあげて、枕の縁を鷲づかみにした。

乳首に唾液を垂らして、すべりを良くし、ちゅるりちゅるりとひねりあげ、きゅーっと引っ張りあげ、その状態でまたこねる。

「ぁあああ、それ……あっ、あっ……」

暁美がびくん、びくんと震えはじめた。

寛之はまた顔を伏せて、乳首に齧《かじ》りついた。乳暈ごと根元を歯軋りするように甘噛みし、たわわな乳房を激しく揉みあげてやる。

「ぁあああ……あっ、あっ、いいの。つらいけど、いいのよ」

そう叫ぶように言って、暁美は両手を頭上にあげ、右手で左手首を握りしめた。

やはり、Mっ気があるようだ。

寛之は前に屈み、その腕を押さえつける。

洩らさないように慎重に腰をつかった。体重をかけて、暁美の両腕を頭上で押さえつけながら、次第に強いストロークに切り換えていく。

打ち込むたびに、暁美は「うっ、うっ」と声をあげて、歯を食いしばっている。

結ってあった黒髪が枕に扇状《おうぎ》に散って、その一本一本の髪の毛が生きているようにのたうっていた。

顎をいっぱいにせりあげた暁美は、すっきりとした眉をハの字に折り、高い鼻を突きあげて、追い詰められたような逼迫した声を放つ。

暁美が絶頂に向かって駆けあがっているのがわかり、寛之は浅瀬を短いストロークで擦りあげた。

「あっ、あっ……恥ずかしい……イキそうなの。また、イキそうなの」

「いいんだよ。何回もイッてくれれば、うれしい」

寛之はつづけざまに浅瀬とともに陰核を擦りあげた。

「ぁあああ、蕩ける。蕩けちゃう……ぁああ、ぁあぁぁぁぁ……くっ！」

暁美が表情が見えないほどに顔をのけぞらせ、ぐーんと全身を反らせた。

寛之の腰を抱え込んでいた足を一直線に伸ばして、こうすればもっと気持ち良くなるとばかりに、下腹部をくん、くんっと縦に振る。

やがて全身の痙攣もおさまって、ぐったりとして目を閉じる。

緊張していた身体が見る間に脱力していき、膣の締めつけもゆるくなった。

寛之は放っていなかった。

依然として、分身はギンとしたまま、体内におさまっている。

じっとしていると、しばらくエクスタシーの波間にたゆたっていた暁美が、ふたたび物欲しげに腰を揺すりはじめた。

「まだ、イケそうかい？」

訊くと、暁美はこくんとうなずいて、それを恥じるように顔を手で隠した。

Mっ気があるなら、バックも感じるはずだ。

寛之はいったん離れて、暁美をベッドに這わせた。

四つん這いになって腰を持ちあげた暁美は、身体が柔軟なのだろう、背中から腰にかけての急峻《きゅうしゅん》なラインがひどくセクシーだった。

尻をつかみ寄せながら、打ち込むと、

「はぁあああ……」

暁美はシーツを鷲づかみにした。シーツが持ちあがるほどに握りしめている。

相変わらず入口と奥のほうが、俵締めしてくるが、前からするよりも多少余裕が感じられた。

片膝を突いて、今度は奥のほうへと切っ先を送り込んだ。

ズンッ、ズンッと切っ先が子宮口を打ち、暁美がもたらされる衝撃を受け止めているのがわかる。連続して打ち据えると、乾いた音が立って、

「あん、あああんっ、あああんっ……」

暁美はこれまでより一オクターブ高い喘ぎを放って、打ち込まれるままに裸身と乳房を揺らす。

尻たぶをぐいとひろげると、狭間にセピア色の窄まりがのぞき、菊状の皺が伸びて、アヌスの孔《あな》まで見える。

ちょっとギザギザになった裏門が、打ち込むたびに収縮する。

尻の厚い肉層をぐいとつかんでやると、暁美は「ひぃっ」と悲鳴を絞り出しながらも、その圧力を快感と感じているのか、拒む素振りは見せない。

夢のような時間だった。

以前に、中折れしたり、あっと言う間に出してしまったことが、嘘のようだ。

女を意のままに操っているという征服感が込みあげてくる。

（俺は暁美さんを何度もイカせたのだ。もっと、イカせられる）

思いを乗せて、つづけざまに奥に届かせる。

「あっ、ああっ、あああんっ」

脳天から突き抜けるような声をあげていた暁美が、突然、糸が切れたようにがくっと前に突っ伏していった。

結合が外れそうになって、あわてて寛之も後を追う。じっとりと汗ばんだ暁美の背中に折り重なるようにして、また、屹立を押し込んでいく。

「ぁああ、信じられない。寛之さん、信じられない」

おそらく、寛之が信じられないほどセックスが強いと言いたいのだろう。

右手を肩口からまわし込んで、暁美の身体を引き寄せながら腰をつかって、怒張をえぐり込んでいく。

豊かな尻の肉層に下半身がめり込んでいく快適さのなかで、円を描くように腰をまわすと、いきりたちが肉路を押し広げて、緊縮力をいっそう感じた。

(ああ、来た!)

射精前に感じる蕩けるような甘い愉悦がじわっと下半身にひろがった。

だが、放出するときは、暁美の顔を見ていたい。暁美がイクときの表情を確認しながら、自分も昇りつめたい。

寛之は肉棹を抜いて、暁美を仰向けに寝かせた。ふらふらの暁美は緩慢な動作で上を向く。

寛之は屹立を押し込み、左右の足を自分の肩にかけて、ぐっと前に屈んだ。

暁美の足が持ちあがり、腰が浮き、むちっとした裸身が腰のところからV字に折れ曲がり、寛之の顔が暁美の顔のほぼ真上までくる。

「ああ、これ、つぅーっ」

暁美が眉根を寄せた。

この体位は挿入が深くなるし、体重もかかるし、そうとう苦しいはずだ。

「きついなら、やめるよ」

「……やめないで。これが好きなの。ほんとうに好きなの……いじめて。思い切り、暁美をいじめて」

暁美が下から見あげて、寛之の突いた両腕にしがみついてくる。

これが、暁美の本当の姿なのだと感じた。初めてのセックスで女が本性を現してくれたことがうれしかった。

暁美の、あなたに身をゆだねますというような顔が、たまらなかった。

(俺も男なんだな。頼られると、力が湧いてくる)

寛之は渾身《こんしん》の力を込めて、腰を振りおろした。

上を向いた膣口に、寛之の硬直が槌《つち》のように打ちおろされ、窮屈な肉路を一気に押し広げて、

「ぁあぁぁ……！」

暁美は喉の奥が見えるほどに口を開けて、眉の間に深い縦溝を刻む。

その表情で、いかに振りおろされた肉棹が強い衝撃を与えているかがわかり、寛之は自分の力を強く感じた。

ぐさっ、ぐさっと肉の杭《くい》が女の孔を深くうがち、

「ぁああ……ぁあうぅ……響いてくの。お腹に突き刺さってくるわ……ぁああ、死んじゃう。わたし、死んじゃう……あんっ、ああんっ、あああんっ」

暁美のあからさまな言葉が、寛之をかきたてる。

射精覚悟で打ちおろすと、いつの間にか額に噴き出た汗が、ぽたっ、ぽたっとしたたって、暁美の顔面にかかる。

汗が落ちてくればいやだろう。だが、暁美はもうそんなことを気にしている余裕などなくなっているのか、悲鳴に近い声を放って、寛之の両腕にぎゅっとしがみついている。

繰り返し打ちおろしていると、深いところの扁桃腺《へんとうせん》に似たふくらみが切っ先にまとわりついてきて、急速に射精感がふくらんできた。

「暁美さん、イクよ。出すよ」

「ああ、ちょうだい。暁美をメチャクチャにして。壊して……ぁああ、それ……あんっ、あんっ、あんっ……」

「そうら、メチャクチャにしてやる。そうら」

汗をしたたらせ、体重をかけた一撃を遮二無二《しゃにむに》打ちおろした。

「ぁああんっ……イク。イッちゃう……壊して！」

「そうら、壊れろ……おっ、あっ……くぅぅぅ」

熱い男液を迸らせながら、奥まで届かせたとき、

「イクぅ……やぁあああああぁぁぁぁぁぁぁ、はんっ……」

暁美がぐんとのけぞりながら、足を突っ張らせた。

マグマを噴きこぼしながら、寛之はエクスタシーで収縮を示す膣を満喫した。

もう一度、止《とど》めとばかりに打ち込んだとき、ふたたび体液が迸って、寛之は体が痺れるような射精感に身を任せる。

尻が勝手に震えている。

溜まりに溜まっていた精液は際限なくしぶきつづけ、放ち終えたときは、体が空っぽになったようだった。

第五章　ほしがる嫁

1

　翌日、寛之はホテルをチェックアウトし、暁美と別れると、結果を早く遥香に報告したくて、急いで家に帰った。

　玄関の鍵が締まっているので、キーで開けて、なかに入る。

と、リビングのほうから、男女が言い争うような声が聞こえてきた。

（何だ……？）

　足音を忍ばせて、廊下をリビングに向かって歩いていくと、

「光太さん、このメールはどういうことなの？　説明して」

　遥香の声が廊下にも漏《も》れてきた。

（うん、どういうことだ？　夫婦喧嘩か……）

　リビングと廊下の境のドアの前で立ち止まって、耳を澄ました。

「どうって……それ以前に、お前のしたことが信じられないよ。勝手に人のメールを見るなよ。俺だって、遥香のメールは見ないぞ」

　光太が強い口調で反論するその声が、はっきりと耳に飛び込んでくる。

「あなたのケータイを勝手に見たことは謝ります。ゴメンなさい……で、わたしの質問に答えてください。このメールはどういうこと？　読んであげるわ。『昨夜は光太さんの腕のなかで眠れて、幸せでした　陽子《ようこ》』って……どういうことよ、納得できるように説明して」

「……だから、その……それは、あれだよ。昨夜は添乗で長野に行っていただろ。そこで、その……ちょっとした間違いで彼女の部屋が取れてなくて、それで、仕方なく俺の部屋で寝てもらったんだ。何もしてないよ。別々に寝たから」

「……この、陽子って誰なの？」

「……う、うちの会社の新人だよ。高田《たかだ》陽子って言って……うちに入ったばかりで、研修をかねてだな……」

「わかったわ。じゃあ、彼女に電話をするわね。それが事実かどうか確かめなくちゃ」

「……よせよ」

「どうして？」

「……みっともないだろ」

「光太さん、浮気してるのね。このところ、ずっとへんだったもの」

「そうじゃないって。いいから、もうケータイを返せよ」

「いやよ」

「おい……」

しばらく、争うような物音がして、遥香の声が聞こえた。

「ほら、消し忘れたメールがある。何よ、これ？『光太さんに抱かれて、夢のようでした。ご夫婦の邪魔になるようなことはしません。いつまでも、私の王子様でいてくださいね』って」

「……悪かったよ。ほんの出来心だ。遊びだよ」

「もう、あなたの顔も見たくないわ」

「だから、謝るよ。ゴメン、このとおりだ」

「もう無理です」

それから、二人が何やら小声で話し合っている様子だった。

(光太のやつ、遥香さんという女房がいながら、会社の女に手を出すとは……)

自分の息子であるがゆえに、いっそう情けなくなってきた。

(しかし、どうしたらいいんだ？)

自分の浮気を父親に知られたら、光太だっていたたまれなくなるだろう。

知らない振りをしていれば、時間が解決してくれるかもしれない。しかし、家族に知られたら、既成事実になってしまい、問題が長引くのは目に見えている。

寛之はそっと踵を返し、玄関で脱いだばかりの靴を履いた。そして、静かにドアを開けて外に出て、鍵をかけた。

数分待って、インターフォンを押した。

家のなかで呼び鈴が鳴る音がしたので、

「父さんだ。鍵を忘れたから、開けてくれないか」

インターフォンに向かって言うと、

「すぐに開けます」

遥香の声がして、すぐに足音が近づいてきて、ドアが開いた。

「お義父《とう》さま、お帰りなさい」

ワンピース姿の遥香が姿を見せる。

必死に笑顔を作って平静を装っている遥香が、可哀相で仕方なかった。

リビングに入っていくと、光太が何食わぬ顔でソファに座っていた。

「ああ、帰っていたのか？」

寛之が声をかけると、

「オヤジ、デートしてたんだって？　隅に置けないな」

光太が冗談まじりに言う。

お前こそ、くだらん浮気をしやがって――と、ぶっ飛ばしたくなったが、かろうじてこらえた。

「あとで、昨日の結果を教えてくださいね」

遥香がオープンキッチンに立って、コーヒーを淹《い》れながらこちらを見た。

光太がいなければ、すぐにでも、上手くいったという報告をしたいところだが、やはり、息子の前では照れ臭い。

息子の嫁には何でも打ち明けられるし、相談できるのに、息子相手だとそれができないのはなぜだろう？

遥香はコーヒーを二杯淹れて、センターテーブルに出した。いつもなら、自分も光太の隣に座るのだが、やはり、浮気が発覚した後では近くにいたくないと見えて、オープンキッチンのカウンターの前のスツールに腰をおろした。

寛之はそれとなく釘を刺したくなり、コーヒーをすすってから、言った。

「光太、最近忙しいらしいな。なかなか、家に帰ってこないものな」

光太はちらりとカウンターの遥香に目をやって、

「すまないと思ってるよ。だけど、俺がプランを立てたツアーが最近うちの看板商品になっているから、添乗したり、細かい打ち合わせがあったりとけっこう大変なんだ」

弁解がましいことを言う。

「仕事で認められるのはいいことだ。だけど、男は仕事だけじゃないんだから。家庭も大切にしなくちゃな。遥香さんだって、寂しいだろ」

「……ああ、それはもちろん、遥香には悪いと思ってるよ。まあでも、オヤジがいるから、ひとりってわけじゃないしね。多少のことは目を瞑《つぶ》ってもらわないと」

それが、自分の浮気の件を暗に指しての発言であることがわかった。

と、遥香が怒ったように音を立ててスツールを降り、リビンクを横切り、ドアをすごい音で閉めて、二階へとあがっていった。

「……どうした、何かあったのか？」

寛之はそれとなく誘い水をかけてみた。相談されれば、それなりに答えようと思っていた。だが、光太は、

「いや、何もないよ」

遮るように言って、コーヒーをずるずるっとすすった。

光太の浮気のことは大いに気になったが、遥香が家を出るとか、別居するという話は出なかったし、夫婦が別の部屋で寝るなどということもなかった。

光太は翌日何事もなかったように朝食を摂り、会社に向かったので、遥香のほうが我慢しているのだろうと思った。

その日、遥香が倉田暁美との経緯を訊いてきたので、寛之はデートもセックスのほうも上手くいったことを話すと、遥香は心底から喜んでくれた。

(このまま行けば……)

まだ十二月の同伴旅行の件は切り出してはいないが、もう何回か会ってから持ち出せば、一緒に行ってくれるのではないか、と期待がふくらんだ。

そして、一週間後の二回目のデートでも二人の息はぴったり合っていたし、一緒にいて心が和んだ。

今ならと思って、じつは、と同伴旅行の件を持ち出したところ、暁美は快く受けてくれた。

(やったぞ。これで、ひとり寂しく旅行に行くこともない)

帰宅して、遥香に報告したところ、

「お義父さま、やりましたね。良かったわ。ほんとうに良かった」

遥香が手放しで祝福してくれたので、寛之も喜びが何倍にもなった気がした。

(俺にもついに恋人ができたんだ)

幸せの絶頂にいた寛之だったが、その五日後、暁美からすぐに会いたいと連絡があった。

その口調から何かあったのではないかと危惧《きぐ》して、その日のうちに待ち合わせをした。

カフェに現れた暁美を一目見て、様子がおかしいことに気づいた。

事情を問い質《ただ》したところ、暁美がぽつり、ぽつりと事情を話しはじめた。

その内容を聞くうちに、寛之は天国から地獄へと叩き落とされた。

暁美の両親は関西で呉服屋をやっているのだが、母が脳梗塞《のうこうそく》で倒れ、暁美は母の跡を継ぐために実家の呉服屋に帰らなければいけなくなったのだと言う。

「結婚して東京に出てきて、離婚しても実家には帰らずにこちらにいました。娘として随分我が儘をさせてもらいました。だからこそ、母が倒れた今、帰って、親孝行したいんです。それに、店の跡継ぎの問題もありますし……」

そんな事情を聞かされては、寛之としても、帰らないでくれとはとても言えなかった。そして、暁美が帰郷するということは、即ち寛之と別れなければいけないということだ。寛之が関西に行くなどとてもできないし、遠距離恋愛をできるような年頃でもない。

「そうか……うん、早く帰ってあげなさい。せっかく親しくなれて、すごく残念だけど、仕方ない」

寛之はその場に崩れ落ちてしまいそうな自分を叱咤して、物分かりのいい年上の男を演じた。

別れ際に、暁美が腕のなかに飛び込んできた。

「寛之さんと一緒にいて、すごく幸せでした。なのに……悔しいわ。すごく悔しい」

「私だって……」

寛之は泣きそうになって、暁美の身体をあえて突き放した。

呆然《ぼうぜん》として家にたどりついたときには、もう夜になっていた。

今夜も光太は帰宅していなかった。

2

リビングの三人用ソファに寛之と遥香が腰かけている。

請われるままに、暁美と別れることになったその事情を、遥香に打ち明けたところだ。遥香の表情がまるで自分のことのように曇っている。

どんよりした空気のなかで、

「ついてないいな。せっかく、いい仲になれたのに……」

愚痴《ぐち》をこぼす自分の肩ががっくりと落ちてしまっているのがわかる。

「……すみません。責任を感じています。わたしが紹介したのだし……」

遥香もすぐ隣で顔を伏せている。

「いや、遥香さんのせいじゃないよ。運が悪かったんだ。それ以上でも以下でもないよ。それに、暁美さんと知り合えて良かった。二人でいるときすごく幸せだった。こんな感情には最近なったことがなかった。ありがとう、彼女を紹介してくれて」

言うと、遥香が同情してくれたのだろう。寛之がこの季節に部屋着にしている作務《さむ》衣《え》のズボンの太腿に載せてくる。

遥香の手が触れている箇所から甘やかな心地好さがひろがるのを感じながら、

「これで、同伴旅行の件も終わったな。もう後、十日しかない。十日ではいくら何でも無理だ。遥香さんにはいろいろと力になってもらったし、何とかしたかったんだけど……」

「まだ、わかりませんよ。諦めないでください」

遥香が寛之の手を両手でやさしく包み込んできた。手をマッサージするようにさすりながら、

「頑張りましょう、最後まで」

そう言って、寛之を横から見る。

「あ、ああ……」

曖昧《あいまい》な返事をしながらも、寛之の心は沈んだままだ。

暁美に力をすべて注ぎこんでしまい、もう残っているエネルギーはなかった。

「お義父さま？」

「……何だ？」

「諦めてはいけません」

「いや、しかしな……」

と、遥香の身体が近づいてきた。

セーターを着た遥香の両腕が寛之を包み込んできたので、寛之はその心地好さに身を任せる。

遥香のこの包容力は何だろう？　海のように広くて深い。まるで、母親だ。

この心地好い温かさのなかに、ずっと包まれていたい。

そう感じていたとき、遥香がふっと立ちあがった。

「お義父さまの部屋に……」

寛之の手を取って、やさしい目で見おろしてくる。

「えっ……？」

「行きましょう」

寛之を見る目に、強い意志が宿っていた。

「行きましょう」

もう一度言われて、寛之も腰を浮かした。

二階の自室に入っていくと、遥香がセーターに手をかけて、首から抜き取った。さらに、スカートをおろす。

「おい……？」

「お義父さまに元気になっていただきたいんです」

そう言って、遥香は下着姿になった。背中に手をまわしてシルクベージュの刺繍付きブラジャーを外し、さらに、パンティストッキングに手をかけてパンティとともに、足踏みでもするように脱いだ。

一糸まとわぬ姿になり、遥香は両手で乳房を隠しながら、近づいてきた。

寛之をベッドのエッジに座らせ、その前にしゃがんだ。

「元気になっていただきたいんです。お義父さまは今、暁美さんとの別れで落ち込んでいらっしゃる。でも、落ち込んでいる暇なんかないんです」

見あげて言って、作務衣の上着の紐《ひも》を解き、上着を肩からすべり落とした。さらに、下着のシャツも腕から抜き取っていく。

遥香は生まれたままの姿である。

たわわに実った形のいい乳房も、下腹部の密生した茂みも、発達したヒップもすべてが目に飛び込んでくる。

遥香は時々見あげて、寛之の表情を確かめながら、作務衣のズボンに手をかけた。

「腰をあげてください」

寛之が尻を浮かすと、作務衣のズボンがつるりと剝かれて、足先から抜き取られていく。

ブリーフだけの姿になった寛之の脇腹から胸にかけて、遥香は両手で撫であげてくる。

さらには、手の甲を使って刷毛のように柔らかくなぞられると、ゾクゾクッとして、鳥肌立つ。

「気持ちいいですか？」

「ああ、すごく……」

やさしげな美人が、どこか愛嬌のある顔に笑みを浮かべ、下半身へと手のひらをすべらせていく。

左右の太腿をなぞりながら、股間に顔を擦りつけてきた。

ブリーフを半勃起状態で押しあげている分身に、布地越しに頬擦りしてくる。

頬ばかりか、鼻や口許をも押しつけて、ますます硬く大きくなってきた肉棹にじゃれつくその姿が、かわいらしかった。

それから、遥香は赤い舌を出し、屹立のふくらみに沿って、舐めあげてくる。

張りつめた裏筋を湿った舌で幾度もなぞられ、睾丸をブリーフとともにお手玉でもするように持ちあげられると、分身がギンと漲ってきて、その硬くなる感覚が寛之に男であることの誇りをもたらす。

ブリーフに唾液が沁み込んできた。

遥香がブリーフの上端をひょいとさげたので、肉茎が半分ほど姿を見せる。

裏筋を見せて反りかえっている褐色の肉柱に、遥香はちゅっ、ちゅっとキスを浴びせ、見えている部分を下から舐めあげる。

「くっ……！」

じかに舌の潤みを感じて、寛之は唸る。

と、遥香は亀頭冠の真裏の三角州を集中的に攻めてきた。尖らせた舌先で急所をちろちろと刺激し、時々、睾丸をブリーフごと揉みあげてくる。

これは効いた。肉茎に一本硬い芯が通ったように、張りつめた。

だが、急所をポイントで攻められるのにも限界がある。そろそろ全体を、と願ったそのとき、まるで寛之の気持ちを察したように、遥香はブリーフも脱がして、一気に全体を頬張ってきた。

「ぁあああ……」

寛之は女のような声をあげていた。

分身がすっぽりと、温かくて濡れた口腔に包まれ、至福としか言いようのない心地好さがひろがった。

ふと思った。

遥香の口が一番気持ちがいい——。

美可子も恵子も暁美もそれぞれ申し分のない快適さだった。だが、オチンチンと女の口にも相性というものがあるのかもしれない。

口の大きさや唇の柔らかさ、舌の形……それらを総合すると、遥香の口がもっとも自分には合っている気がした。

おそらく、遥香にはまだ肉棹を射精に導こうという気はないのだろう。頬の内側にいっぱいに頬張り、なかで舌を巧みにからませたり、顔を斜めにして、亀頭部を擦りつけたりする。

それだけで、ペニスが蕩けていくような快美感が這いあがってくる。

遥香はちゅるっと吐き出して、根元を握って、鈴口《すずぐち》に舌先を押し込もうとする。ちろちろと溝に沿って舌を走らせ、じっと見あげてくる。

「遥香さん、そろそろあなたに触りたいんだが……」

言うと、遥香は顔をあげて、

「まずは、お義父さまに気持ち良くなっていただきたいわ」

立ちあがり、寛之をベッドに寝かせ、覆いかぶさるように胸板にキスをしてきた。向かって右側の乳首を舌先でちろちろとくすぐるように舐め、反対側の乳首も指に挟んで転がしてくる。

寛之は乳首はあまり感じないのだが、舌づかいが巧みなのだろうか、ぞわっとした戦慄が胸から全身へ及び、そのことに驚いた。

「気持ちいいですか？」

「ああ……なんか、ぞくぞくするよ」

「ふふっ、お義父さまの乳首が女の人みたいに勃《た》ってきた。いやらしいのね、お義父さまって……」

乳首に唇を触れたまま言って、今度は右手を肌をさすりながらおろしていき、下腹部を愛撫してくる。直接ペニスに触れるのではなく、その周囲の陰毛を撫でたり、内腿をなぞりあげる。

その間も、乳首を舌であやしている。

すると、寛之の分身が触ってほしいとでも言うように、ビク、ビクッと頭を振る。

こんなことは初めてだ。やはり、遥香とは相性がいいのだろう。

遥香は胸板から腹部へと舐めおろし、臍《へそ》を舌先であやし、その間も肉棹を握り、しごく。

と、いきなり寛之に尻を向ける形でまたがり、前に屈んだ。

寛之の足を撫でさすり、向こう脛《ずね》から足の甲、さらに、足指へと舌を這わせ、次の瞬間には親指をしゃぶられていた。

「おい……それはいいよ。汚いよ。遥香さんがそんなことをしてはいけない」

だが、遥香は親指をまるでフェラチオするように頬張り、なかで舌をからめながら、裸身を微妙にくねらせる。

(おおっ、これは……！)

胸のふくらみが太腿や膝に押しつけられ、動くたびにぶわわんとした乳房の弾力を感じる。

両肘をついて顔を持ちあげると、充実した双臀の間にはセピア色の皺の凝集がひくつき、さらに、女のとば口が真っ赤な粘膜を寛之に向かってひろげているのだ。

親指を吐き出した遥香は、指の間に舌を差し込んで、狭間を細かく舐めてくる。

そうしながら、乳房を足に擦りつける。

愛液まみれの繊毛と柔肉が、肉棹を上から押しつぶさんばかりに摩擦してくる。

これ以上の男の天国があるとは思えなかった。

3

「遥香さん、あそこを舐めたい。こっちに来てくれないか？」

思いを告げると、遥香がゆっくりとこちらに向かって膝を移動させてきた。

(ああ、これが遥香さんのオマ×コか……)

ぷっくりとしてよじれた崩れのない陰唇は左右対称で、船底形の女陰もバランスが取れている。だが、陰毛は濃く密生し、全体にふっくらとして肉厚なせいか、ひどく卑猥な感じがする。

一瞬、息子の顔が浮かんだ。

だが、遥香が肉棹を頰張り、ゆったりと唇をすべらせたので、湧きあがる愉悦に光太の顔が脳裏から消えていった。

下腹部を満たしてくる陶酔感をぶつけるように、尻たぶの底に顔を埋め込んだ。狭間をひと舐めすると、

「んっ……！」

厚い尻肉が硬直する。

かまわず舐めた。尻を引き寄せて、しゃぶりつく。とろとろの粘膜が舌にからみついてきて、ちょっと酸味のあるヨーグルトのような味覚が舌に貼りつく。

笹舟形《ささぶね》の上の膣口に舌先を躍らせ、くいっ、くいっと舌を押し込むと、

「んっ……んんんっ……」

遥香はストロークをやめ、浅く咥えたまま、腰をよじる。

寛之が丸めた舌先を抜き差しすると、濃い味がして、くず湯のような白濁した蜜が泉のように湧き出てきた。

もっと感じてほしくなり、寛之は右手の親指を膣口にそっと押し込んだ。ぬるりとば口が親指を呑み込み、

「あああ……！」

肉棹を吐き出した遥香が、のけぞりながら喘いだ。

（よし、感じているぞ）

寛之は下のほうの突起に貪りついた。

包皮をかぶったままの肉芽を舌で弾き、吸いながら、親指で膣肉をゆっくりと抜き差しする。

くちゃくちゃっと濁った蜜がすくいだされて、寛之がクリトリスをつづけざまに舌で弾くと、

「ぁあああ……ダメっ……お義父さま、お義父さま……あっ、あっ」

腰ががくっ、がくっと前後に揺れる。

寛之がさらに、二箇所攻めをつづけると、遥香はもうたまらないといったふうに身をよじり、尻を振り立てて、

「ダメぇ……それ以上されると、欲しくなってしまう。これが、これが欲しくなってしまう」

遥香はさしせまった声をあげて、目の前の肉の屹立を握りしごいた。

「私は……私は……遥香さんと……し、したい」

思わず思いをぶちまけていた。

「わたしだって……お義父さまとしたいわ。でも……」

「だったら、なぜ今夜誘ったんだ？　遥香さんは元気をくれると言った。あなたとしたいんだ。そうすれば、きっとまた力が湧いてくるよ」

「……どうしたら、いいの？　わたし、どうしたらいい？」

遥香は肉棹をぎゅっと握って、

「ほんとうはこれが欲しいの。たまらなく欲しいの……ぁああ、狂ってしまう」

遥香はいきりたちを激しくしごいて、頭部を頬張り、

「んっ、んんっ、んんんっ……」

と、顔を打ち振る。

「おおぉ……出てしまうよ。そのまま出すのはいやだ。遥香さんのなかに入りたい。それを思い切り、あなたにぶち込みたいよ」

「ぁああ、お義父さま、子供みたいなことをおっしゃって」

「いいじゃないか。私は子供だよ。あなたの前では子供だ……頼む。あなたのなかに入りたい……頼む……」

懇願《こんがん》していた。

すると、遥香が中腰になって、緩慢な動作で向きを変えた。

寛之を見おろすその目が情欲に濁り、妖しく濡れている。

片膝を突いて、寛之の分身を握りながら、翳りの底に押しあてた。

「これっきりですよ。絶対にこれっきりですよ」

「ああ、わかっている」

遥香はぼぅと霞がかった瞳を向けて、腰を前後に揺すった。

狭間が亀頭部にぬるっぬるっと擦りつけられ、それだけで寛之は先走りの粘液が滲むのがわかった。

遥香が動きを止めて、慎重に沈み込んできた。

切っ先が窮屈なとば口を押し広げ、そこを通過すると、温かい粘膜がうごめきながら分身を包み込んでくる。

遥香は一気に奥まで迎え入れて、

「うあぁぁぁ……」

のけぞりながら、顔を撥ねあげた。

「くうぅぅぅ」

と、寛之も奥歯を食いしばっていた。

奥へ進むに連れて温かくなる女の坩堝《るつぼ》が、うごめきながら硬直を締めつけてくる。

(ああ、ついに、遥香さんと……!)

自分が世間の掟《おきて》を破ったことの鳥肌立つような背徳感がよぎる。だが、遥香と繋がったことの目眩《めくるめ》く悦びがそれを押し流していく。

津波のような歓喜が押し寄せてきて、一瞬何も考えられなくなった。

真っ白になったそのなかで、遥香の体内がざわめきながら、分身にからみつき、締めつけてきて、その気持ち良すぎるうごめきだけが寛之を支配する。

「ぁあああ……ぁあああ……」

艶かしい声をあげながら、腰が揺れだした。

ゆったりと前後に膣が動き、それにつれて、取り込まれた肉棹も根元から揺れ動き、切っ先が奥のほうのふくらみを押し広げているのがわかる。

スローだった腰の動きが少しずつ速くなり、振幅も大きくなって、寛之の勃起も膣内を攪拌《かくはん》し、根元がぎゅっ、ぎゅっと締めつけられる。

目を開けると、全裸の遥香が両手を前に突き、気持ちいいほどにくびれた細腰を、くいっ、くいっと鋭角に振っている。

両腕で挟みつけられた左右の乳房が真ん中に寄り、いっそうたわわになり、二つの乳首がいやらしく尖って、寛之のほうを向いていた。

「ぁああ、気持ちいいの……どうしてこんなに気持ちいいの？」

「……私も気持ちいいよ。遥香さんを相手にすると、何をされても気持ちいい」

「ほんとうですか？」

「ああ、嘘なんかつかないよ。ほんとうだ」

「すごく、うれしい……ぁあああ、そんなことおっしゃるから、ますます……。ぁあああ、いや、いや、止まらない。腰が止まらない……あっ、あんっ」

遥香がいっそう激しく腰を振ったので、ちゅぽんっと肉棹が抜けて、

「ああん、逃げないで」

遥香は蜜まみれの怒張をつかんで、ふたたび体内に押し込んだ。

それから、今度は腰を縦に振りはじめた。

両手を前に突いて、膝をM字に開き、腰を上げ下げする。

そそりたつ肉の塔が女の祠《ほこら》に埋まり込み、姿を現す。

自分のイチモツが息子の嫁の体内に深々と嵌まっていくのが、まともに見えた。

「ぁああ、ぁああ、いい……止まらない。止まらないわ……あっ、あっ、あっ」

遥香は膝のバネを使って、スクワットをするように上下動する。

ピッチがあがり、濡れた亀裂が寛之の下腹部をぴちゃぴちゃと打ち、亀頭部が子宮口を突いているのがわかる。

寛之は自分でも動きたくなった。

「遥香さん、腰をあげたところで止めておいてくれ」

言うと、遥香が中腰になって、動きを止めた。

そこに向かって、寛之は腰を突きあげる。米搗《こめつ》きバッタのようにぐいぐい腰を撥ね

あげると、蜜まみれの肉棹が翳りの底にめり込んでいき、

「あっ……あっ……ぁあああ、イッちゃう……あっ、あっ……くっ！」

遥香が操り人形の糸がゆるんだように、どっと前に突っ伏してきた。

「遥香さん……」

前に倒れてきた女体を抱き寄せ、膝を曲げて動きやすくして、寛之はここぞとばかりに腰をせりあげた。

「ぁあああ、また……んっ、んっ……ぁあああうぅぅ」

遥香は苦しんでいるのかと思うくらいに、背中をしならせ、眉根を寄せて、打ち込みを受け止めている。

少し息が切れてきた。

だが、今確実に遥香は昇りつめようとしている。だったら、イカせたい。自分がどうなろうと、絶頂へと導きたい。

「あ、あ、あっ……ぁああ、イク……お義父さま、遥香、もうイッちゃう！」

遥香がしがみついてきた。

「いいんだよ。そうら、イッていいんだぞ」

寛之は息を詰めて、スパートした。

汗ばんでいる尻に指を食い込ませ、たてつづけに腰を撥ねあげた。斜め上方に向かって、怒張が肉路を擦りあげて、

「ぁあああ……イキます……イキます……ぁあああ、ダメっ、イク……イッちゃう……やぁあああああああああぁぁぁぁ、くっ！」

遥香は顔を撥ねあげて、のけぞったまま動かなくなった。

それから、遅れてやってきた津波のように、痙攣が裸身を走り抜ける。

4

ぐったりとした遥香を、寛之は腕枕していた。

すると、遥香が寛之のほうを向いて、肩と胸の間に顔を寄せてきたので、その肩をぐいと抱き寄せた。

ピンクに染まったきめ細かい肌は水を浴びたように汗まみれで、遥香が心底から気を遣《や》ったのだということがわかる。

甘酸っぱい体臭が匂いたち、黒髪も乱れて顔に貼りつき、絶頂に達した女の持つしどけない色香が、寛之を魅了する。

「すごかった……わたし、完全にイキました」

遥香が胸板をなぞりながら、足を下半身に載せてくる。

「……遥香さんのお蔭だよ。遥香さんがいろいろと手ほどきしてくれたからだよ。そうでなければ、途中でダウンしていた」

褒めると、遥香はかわいくはにかんで、照れ隠しなのだろうか、胸板にちゅっ、ちゅっとついばむようなキスをする。

「……お義父さま、まだ出してないですよね」

遥香が手をおろして、下腹部のそれを確かめる。

蜜が乾きかけた肉茎は射精には至らなかったので、まだ半分ほど勃起している。

だが、時間が経過しているので、もしかしたらもうこれ以上は怒張しないかもしれない。

しかし、それは危惧に終わりそうだ。

遥香のしなやかな指がその硬さを確かめでもするように触れてくると、少しずつだが力が漲ってくる充足感がある。

「すごいわ、お義父さまのここ、また大きくなった」

「遥香さんが鍛えてくれたからだよ」

「……すごい、すごい。見る間に大きくなってきた」

遥香は下半身のほうに顔を寄せて、肉茎が膨張していくさまを見ながら、それを助長するように根元をつかんで、ぶんぶん振る。

「カチカチになってきた……咥えていいですか？」

「ああ……」

遥香は寛之の足の間にしゃがんで、膝を持ちあげ、両足をひょいと持ちあげた。

「おい……よしなさい」

「ふふっ、丸見えだわ。タマタマが動いてる。お尻の孔も見える。柔らかな毛が生えてますね」

「……おい、恥ずかしいよ」

「女性はいつもこうされてるんですからね。女であるってことだけで、恥ずかしいんです」

M字に開かれた足の間から、遥香は顔を出して言う。

顔を伏せて、尻の狭間から蟻の門渡りを舌でなぞりあげ、皺袋を丹念に舐めてきた。

膝裏をつかんで開かせたまま、片方の睾丸を頬張り、ソフトタッチで揉みほぐしたり、引っ張ったりする。いったん吐き出して、

「お義父さま、膝をご自分で持ってください」

「……こ、こうか？」

「はい……しばらく、そのままで」

遥香は這いつくばるようにして、もう片方の睾丸を呑み込み、むにゅむにゅと刺激しながら、右手で肉茎を握ってしごく。

遥香は二つの睾丸を唾液でまぶし、肉棹の裏筋をツーッと舐めあげてきた。

濡れた舌が這いあがってきて、亀頭部を上からぱっくりと頬張られる。

「くっ……！」

温かくて、湿った口腔に包まれ、ぷにぷにした唇が表面をすべり動くと、また、女のなかに入りたいという本能が頭を擡げてくる。

遥香が肉棹を吐き出して、訊いた。

「入れていいですか？」

「いいよ、もちろん」

遥香は腰をまたいで蹲踞《そんきよ》の姿勢を取り、そそりたつ肉柱を押しあてて、慎重に沈み込んでくる。

切っ先がとば口を通過して、内部に潜り込んだ。さっきとは挿入感が違った。

よく練れた肉襞がまったりとからみついてくる。

「ああ、お義父さま、恥ずかしいわ。すごくエッチな女だって思ってるでしょ？」

「ふふっ、そうだ。遥香さんはすごくエッチだ」

寛之は腹筋運動の要領で上体を持ちあげ、遥香を抱きしめた。

すると、遥香がキスを求めてきた。

唇を重ね、舌を差し込むと、遥香はくぐもった声を洩らしながら、我慢できないとでも言うように腰をくいっ、くいっと振る。

寛之は唇を重ねながら、遥香の腰に手を添えて動きを助けてやる。

「んんっ……んんんっ……」

遥香は上と下の口で繋がりながら、貪欲に雌花を擦りつけてくる。

キスをしていられなくなったのか、顔を離してのけぞり、後ろに手を突いて、

「ぁああ、ぁああ……いい……お義父さまのがあたっているわ」

自ら腰を鋭角に打ち振っては、「ぁああ、たまらない」と艶かしい声をあげる。

「ほら、やっぱり、エッチだ」

からかうと、遥香は真っ赤になって、

「ああん、もう……わたし、いつもこうじゃないんですからね。お義父さまが相手の

ときだけですから」

かわいいことを言う。

光太ではダメなのか？　そう訊きたかったが、さすがにそれはできなかった。

いずれにしろ、遥香は光太とは上手くいってないようだ。遥香のなかには、光太が浮気をしているのだから、自分もという気持ちがあるのだろう。

しかし、だからといって、こんなことがそうそう許されるわけではない。

一度でいい。一回こっきりだからいいのだ。

逆に言えば、これで終わりなのだから、思う存分味わいたいし、また、遥香をとことん悦ばせたい。

寛之は少し背中を曲げて、乳房に貪りついた。

遥香は両手を突いて、上体を後ろに傾けている。寛之は腰の後ろを両手で抱えて、前屈みになって、乳房を口で愛玩する。

こうして見ると、上の直線的な斜面を下側の充実したふくらみが押しあげた理想的な形と大きさの乳房である。

その誇らしげに上を向いた乳首を口に含み、下側をねろねろと擦り、ピンッと撥ねあげる。

「あっ……！」

がくんと頭を後ろに反らした遥香が、乳首を舐めしゃぶられるうちに、腰を揺すって、濡れ溝をいやらしく擦りつけては、

「ぁあああ、いいの……いいの……おかしくなる。もう、おかしくなってる……いやあん、止まらないの」

両手を後ろに突いた遥香は、腰を前後上下に揺すって、呑み込んだ肉棹を感じる部分に擦りつけようとする。

寛之は片方の乳首を舌で攻めながら、右手でもう一方の乳首をこね、左手で遥香の腰の動きを助けてやる。

「ぁああん……あん、ぁあんん」

遥香は低い獣染《けものじ》みた声を洩らし、何かにとり憑《つ》かれたように濡れ溝をぐりぐりと擦りつけては、

「ぁああん、突いてほしい……お義父さまので、遥香を突いてください……ぁああんんん……もう、もう……」

さしせまった様子で腰を振るので、寛之は遥香の上体をそっと倒していく。

背中をベッドにつけて足をM字に持ちあげている遥香を、寛之は後ろに手を突く形

で、小刻みに突きあげてやる。

いきりたちが肉路をつづけざまに擦りあげて、その衝撃が体内に伝わり、

「あん、あああん、あんっ……」

遥香は身体とともに乳房を波打たせて、悩ましく喘ぐ。

両手を赤子のように顔の両脇に置いて、律動にもてあそばれて歓喜の声を放つ遥香を、とても愛《いと》おしく感じる。

もっと強く打ち込みたくなって、寛之は膝を抜き、自分は上体を立てたまま、遥香の膝をつかんで開かせた。

ぐっと押さえつけると、遥香の足が大きくM字にひろがり、まるで、上から押しつぶされているような遥香の格好が、男の支配欲を満たしてくる。

「遥香さん、見てごらん。何が見える？」

誘うと、遥香が顔を持ちあげて結合部分に目をやって、

「ああ、いや……」

顔をそむけた。

「見ていてごらん。ゆっくりと入れるから」

寛之は膝を大きく開かせたまま、少し前のめりになって、慎重に腰をつかった。

いったん外れかけた蜜まみれの肉硬直が一センチ刻みで翳りの底に沈んでいき、やがて、根元まで埋まってしまう。

その状態で腰を振って、切っ先で奥のほうをぐりぐりとこねてやる。

それから、またゆっくりと引き出す。

ぎりぎりまで引き出しておいて、そこからまた埋め込んでいく。

遥香は目尻の切れあがった大きな目を向けて、それを食い入るように眺めていた。

自分の割れ目に男の凶暴な肉の槌が入ってくるのを見るのは、どんな気持ちなのだろう？

遥香は膣が犯されるのを、最初は興味深げに眺めていたが、徐々に表情が哀切なものに変わり、困ったような顔になった。

寛之がストロークを強くしていくと、快楽の色が浮かび、もう見ていられないという様子で目が閉じられ、

「……ぁあああ……ぁあああ、もう、もう……」

「どうした？」

「わからないわ。もう、わからないの……」

「どうされたい？　本心を言ってごらん」

「思い切り突いてほしい。子宮まで突きあげて。遥香を貫きとおしてください」

「よし……」

寛之は遥香の足を交差させて胡座をかかせる。

交わった足を押さえつけ、腰を浮かせ気味にして、ずいっと打ち込んだ。

「くぅぅ……これっ！」

遥香が眉をハの字に折って、両手でシーツを鷲づかみにした。

「深いところに入ってるだろ？」

「はい……なんか、恥ずかしい。恥ずかしいのに気持ちがいい。根こそぎ、持っていかれる」

「つづけるぞ」

寛之は、膝頭が乳房にくっつくほどに、胡座に組ませた足を押さえつけて、腰をつかう。

いまだギンとした屹立が上を向いた膣を深々とえぐり、奥のほうのふくらみを突いている。

「あんっ、あんっ、あんっ……ぁああ、ぁあああぁぁ……はぁはぁはぁ」

シーツを鷲づかみにし、黒髪を扇状に散らした遥香が、とろんとしたなかにも熱狂を孕《はら》んだ瞳で、寛之を見あげてくる。

「気持ちいいんだな？」

「はい……はい……わたし、お義父さまのものになる」

「そうか、よし、遥香さんは俺の奥さんだ。奥さんをイカせてやる」

つづけざまにストロークを浴びせると、

「ぁあぁぁ……あっ、あっ……きっとイクんだわ。遥香、また気を遣るんだわ……お義父さま、お義父さま……遥香はお義父さまのものだと言って」

「ああ、遥香は俺のものだ。ずっと、俺のものだ。放さないぞ、ずっと」

「ああ、お義父さま……来て。遥香をぎゅっと抱いて」

求められるままに、寛之は足を解いて、覆いかぶさっていく。

遥香がひしとしがみついてくるので、寛之も抱き返した。

右手を肩口からまわし込んで、女体を抱き寄せながら、ぐいぐいと屹立を押し込んでいく。

膣の襞がざわめきながらからみついてきて、入口がきゅうと締まり、そこに肉の筒を送り込むと、射精前に感じるあの逼迫した陶酔感が一気に高まった。

「ぁあああ、気持ちいい……ダメダメっ……お義父さま、また、イク。遥香、また、イクの……来て、お義父さまも来て」

「そうら、遥香。出すぞ、出すぞ」

寛之は最後の力を振り絞って、鋭く腰を振った。

「ぁああぁ、ぁああ。来る……来る、来ちゃう……ぁあああ、お義父さま……イ、キ、ます……やぁああああああああああ、あっ！　あっ！　あっ！」

腕のなかで痙攣する遥香に、駄目押しとばかりに深い一撃を叩き込んだとき、寛之にも至福が訪れた。

「ぁおおおっ、あっ……」

一気に噴き出す男液をさらに奥へと送り込もうとでもいうように、ぐいっと腰を突き出していた。熱いマグマが迸る芳烈《ほうれつ》な感覚が、体中を走る。

腕のなかで、遥香は汗ばんだ肢体を時折震わせていた。激しかった息づかいが徐々に戻り、やがて、静かな規則的なものに変わる。

寛之が重いだろうと思って、身体から降りようとすると、遥香が言った。

「もう少し、このままで……」

「重くないか？」

「ふふっ、お義父さまの重さがいいんです」

「そうか……」

寛之はもう少しだけこのまま上になっていようと思った。

第六章　新婚旅行のように

1

十二月十九日の土曜日は、同期会の三人で決めた恋人連れ同伴旅行の日だった。

現地、つまり北関東のT温泉郷にある温泉旅館に、午後四時集合と決まっていた。

そして当日の昼過ぎ、寛之は上野発の特急列車に乗って、T温泉郷に向かっていた。

新幹線と平行して走るこの特急は比較的すいていて、自由席でも余裕を持って座ることができた。

通路側の席に座った寛之は、窓側の席の女に目をやる。

胸ぐりの広く開いた、フィットタイプの白いセーターを着ているので、バストのふくらみが強調されている。車窓から後ろに飛んでいく冬枯れの田園風景を眺めるその横顔は、いつものように涼やかで、細められたその目は穏やかさに満ちている。

「遥香さん、ビールでも呑むかい?」

声をかけると、遥香はこちらを見て、

「わたしはまだいいです。お義父《とう》さま……じゃないですね。寛之さんはお呑みになってください」

遥香は足の下に置いてあったバッグから缶ビールと乾きもののオツマミを取り出して、寛之の席のテーブルを出し、そこに缶ビールとオツマミを置く。

その姿は、年上の恋人の世話を焼く甲斐甲斐《かいがい》しい彼女そのものだった。

三日前のことだった。

遥香を抱いて元気をもらった寛之は、その後、必死に動いたものの、結局一緒に旅行に行ってくれるような女性はできず、遥香に弱音を吐いた。

『同伴旅行まで二日しかない。いくらなんでももう無理だ。諦めるよ。遥香さんにはほんとうに世話になった。心から感謝している』

遥香はしばらく何かを考えているようだったが、顔をあげてこう言った。

『わたしではダメですか？』

『えっ……？』

『その旅行に、わたしが一緒に行きます……お二人とは面識がないですし、わたしの名前さえ知らないでしょ？　だったら、わたしがお義父さまの恋人になりすまして、同伴すればいいわ。わたしを連れていってください』

まさかの提案だった。

『いや、だけど……もし、わかったら……』

『ばれたら、ばれたでいいじゃないですか。そのときは、じつは恋人ができなくて、馬鹿にされるのがいやで、息子の嫁を連れてきた。すまん、って謝れば、きっとお二人も笑って許してくれますよ。親友なんでしょ？』

『まあ、確かにな……だけど、遥香さんはそれでいいのか？』

『わたしは全然問題ないです。ううん、むしろ、お義父さまと旅ができてうれしいです。それに……』

『何だ？』

『お友だちに、俺の女だって紹介されたいわ。想像するだけでドキドキします』

想定外の提案だったが、遥香の話を聞くうちに、そういう手があったかと思いはじめた。

だが、光太にはどう言えばいいのか？　問い質したところ、遥香はこう言った。

『同伴旅行の件は、光太さんも知っています。だから、お義父さまが恋人ができなくてひとりで行くのは、可哀相だ。だから、わたしが息子の嫁として一緒に行きますと……そう言えば、光太さんは認めると思います』

光太の浮気の件について切り出したところ、光太は遥香に謝罪して、彼女とは別れると約束したという。

だが、光太はまだ密かに彼女とつきあっているらしいのだ。

『光太さんは今、自分の言いなりになる女の子に夢中なんです。わたしは、光太さんの思いどおりにはならないから……そういう時期なんだと思います。わたしはそれでもいいんです。光太さんもそのうちに、彼女に飽きるのは目に見えていますから』

『たとえ、しばらくしたらまた元に戻る可能性が高いとはいえ、あなたはそれでいいのか？』

『はい……わたしにはお義父さまがいますから』

そうか、お互いさまということか――。

夫婦の一方が他の異性と関係ができたからといって、連れ合いが同じように恋人を作っていいということにはならないだろう。しかし、遥香としても、義父と関係があるから、夫の不倫を我慢できている。

そう考えると、寛之自身も自分が家族のタブーを破っていることとの罪悪感が少しかるくなった。

いや、そもそも、そう言った理性的な思考以前に、寛之は遥香を女として必要としている。たんなる肉体の欲求ではなく、この女を人間として必要としている。

もし今、自分の人生から遥香がいなくなったら、たぶん、生きる喜びもなくなる。

いろいろな手ほどきを受けているうちに、遥香という存在が自分のなかでどんどん大きくなっていき、今ではなくてはならない存在になっていた。

光太が同伴を認めたこともあり、遥香を連れていくことに決めたのだった。

電車の揺れを感じながら、寛之が缶ビールを呑んでいると、遥香が訊いてきた。

「他の二人は、どうなりましたか？　恋人はできたんでしょうか？」

「二人とも彼女を連れてくるようだよ。良かったよ。遥香さんと行けて。あのままだったら、私だけひとりで、目も当てられなかった」

「お二人とも、どんな彼女を連れて来られるんですか？」

「さあ、それは会ってのお愉《たの》しみだな」

「……わたしは、相談したとおりの設定でいいですね？」

「ああ、あなたは旧姓どおりの高木《たかぎ》遥香で、歳も実年齢の二十八歳でいい……私が勤めている会社の事務員をやっていて、三カ月前に、その……こういう関係になった。もちろん独身で、私のことを上司として好きになったと……そんな感じかな」

「わかりました。みなさんとお会いするのが、待ち遠しいわ」

遥香は心の底から、出会いを愉しみにしているように見えた。

気の小さな女性なら、ばれたらどうしよう、と不安になるところだが、遥香はむしろこの芝居を愉しんでいるように見える。

（頼もしい人だ……）

よろしく頼むという気持ちを込めて、寛之は左手をスカートの上に置いた。

と、遥香は脱いで窓のフックに掛けてあった自分のウールのコートを、寛之の手の上から膝にかけた。

寛之を見て意味ありげに微笑み、身を寄せてくる。

コートのなかで寛之の手をつかんで、太腿の間へと導いて、耳元で囁いた。

「寛之さん、もう我慢できない。触ってください」

寛之は周囲をうかがって、こちらを見ている者がいないことを確認し、太腿の内側をなぞりあげていく。

パンティストッキングのすべすべざらざらした感触の下に、むっちりとした太腿の肉層のたわみが息づいていた。

こちら側の内腿を撫で、ぎゅうとつかむと、

「んっ……！」

遥香は低く声を洩らして、足をさらに開いた。

スカートが張りつめるのを感じながら、太腿をなぞりあげていき、奥へと指を届か

せる。

と、パンティストッキングと下着を通して、ぐにゃりと沈み込むような柔肉の感触があって、

「ぁああ、わたし、もう……」

遥香は腰をせりだして、触りやすいようにと股間を押しつけてくる。

寛之が柔らかい狭間を指で尺取り虫のようにさすると、

「ん……んっ……」

遥香は声を押し殺しながら、セーターの胸を腕にぐいぐい押しつけ、我慢できないというように腰を前後に揺する。

そして、遥香の横顔がのけぞっていくのを見ながら、寛之は女のひめやかな肉をいじりつづけた。

2

T温泉郷にあるW旅館の食事処で、三組のカップルが一堂に会していた。

みんな一風呂浴びた後で、備えつけの浴衣を着て、袢纏《はんてん》をはおっている。

「正直言って、三人が揃いも揃って、こんな美人を連れてくるとは思わなかった。とくに、安西寛之！」

すでに酔いがまわっているのだろう、将棋の駒のようにエラの張った顔を紅潮させて、赤井一利が寛之を指差した。

「お前がこんなに若い別嬪《べっぴん》さんを連れてくるとは……脱帽だよ。安西寛之とそのガールフレンドの遥香ちゃんに乾杯！」

全員が苦笑しつつ、日本酒のぐい呑みを掲げた。

打ち合わせどおり、遥香は寛之が嘱託をする会社の事務員だと言ってある。

寛之は、みんなを騙《だま》していることに申し訳なさを感じつつ、

「いや、赤井だって、こんなに若いかわいい子を連れてくるとは、これはもう犯罪に近いぞ」

赤井の隣に座っている、アイドルみたいに容姿のととのった彼女に目をやる。

佐藤樹里《さとうじゅり》と言って、赤井の興した会社で働いている二十三歳の新入社員で、半年前に恋人になったのだという。

「ははっ、そうだろ？　樹里ちゃんがどうしてこんなオジサンの恋人になってくれたのか、自分でも不思議だよ。やっぱり、ぐいぐい押したからな。今の若い男は草食系

とか言って、なよなよしてるからな。俺の強引さが良かったんだよな？」

赤井に浴衣の肩を抱かれて、

「そういうことにしておきます」

樹里がはにかんで答える。

さっきから観察していても、素直で品が良くて、とてもいい子に思える。

赤井は既婚者で三人の子供がいる。いくら自分で起業して、社長と部下の関係があるにせよ、こんないい子が赤井に抱かれたなど、にわかには信じがたい。やはり、ダメもとで告白することがこういう奇跡を生むのだろう。

「おいおい、お前ら、互いに恋人を褒めあいやがって……それじゃあ、俺の久美子《くみこ》さんが二人より落ちるみたいじゃないか」

松本達生が割って入ってきた。

「いやいや、マッさん、そうじゃないよ。久美子さんは品格がありすぎて、話題にするのもはばかられるっていうかな。マッさんは役員で、俺らのなかでの出世頭だからな。当然、いい女を連れてくるとは思っていたけど……久美子さん上玉すぎるよ。この若女将《わかおかみ》にでもしたら、絶対に客が増えるよ。なあ、安西、お前もそう思うだろう？」

赤井に振られて、

「そう思いますよ。和服が似合う日本美人って、そうそういないですから」

寛之は、倉田暁美を思い出しながら答える。

「あらっ、みなさんお上手ですね……わかっていますよ。わたしはお二人と較べたらオバサンですから。オバサンはオバサンなりに大人しくしています」

宮下《みやした》久美子が色白の優雅な美貌をほころばせて、愛嬌たっぷりに言う。

松本によれば、久美子は三十九歳で、上流家庭の奥様だという。それを信じるなら不倫、しかも、ダブル不倫ということになる。

松本も結婚して、二人の子供がいるからだ。

寛之はつくづく、遥香と一緒に来られて良かったと思う。もしこれで、寛之だけがひとりだったら、場は大いにしらけていただろう。

同期の三人組はひさしぶりに会ったこともあり、話が盛りあがり、酒も進む。

地元の野菜や特産品をふんだんに使った料理が運ばれてきて、男たちは五十路《いそじ》過ぎとは思えない食欲で料理を平らげ、それにつられたように、女たちもよく食べ、よく喋《しゃべ》る。

いつもこういうときに不思議に思うのは、女たちが急速に仲良くなることだ。自分たちの微妙な立場を考えたら、そう快活にはなれないと思うのだが、彼女たちはどうでもいいような話題で盛りあがり、打ち解け合う。

やはり、女性は何人か集まったときの親和力のようなものを、生まれ持って備えているのだろう。

料理が出尽くして、指定された食事終了まで三十分というところで、酔っぱらった赤井がとんでもないことを言い出した。

「しばらく、この個室には誰も来ない。そこで、提案だ。いいか、俺はまだみんなのことを完全に信じてはいないんだ……つまり、嘘をついている可能性がある」

赤井に言われて、寛之はドキッとした。

「たとえばだ。ほんとうは恋人ができなかったのに、お金で女を自由にして、形だけ同伴しているってケースだってあるじゃないか。クラブの同伴みたいなもんさ。そこでだ、二人にほんとうに肉体関係があることをここでみんなの前で、証明しようじゃないか」

「おいおい、ここでセックスは無理だぞ。それは部屋に戻ってしなきゃ」

松本がもっともな反論を述べた。

「そんなことは言ってない。まずは、キスだ。しかも、ディープキスだ。恋人にしかできない濃厚な接吻を、みんなに披露しようじゃないか……まずは俺が見本を見せる」

赤井の発言に、隣の樹里がびっくりしたように目を見開いた。

だが、赤井に耳元で囁かれて、樹里がこくんとうなずいた。

そして、赤井は樹里を抱き寄せて、強引に唇を奪う。

樹里は最初いやがっているように見えたが、やがて、唇を吸われるままになり、自分からも赤井のごつい背中に手をまわして、濃厚なキスをはじめた。

（おいおい……！）

寛之には二人のしていることが信じられない。いくら何でも、食事処でこのディープキスはないだろう。

遥香も同じことを感じているのだろう、目を逸らして、寛之のことを不安げに見ている。

と、輪をかけて、破廉恥なことが起こった。

斜め前に座っている松本が、久美子の顔を両手で挟みつけて、キスをはじめたのだ。

（松本さん、あんたまで……！）

しかも、久美子も赤井たちのキスで情欲を煽《あお》られたのか、キスを迎え撃って、自ら舌をからめているではないか。

(なんて恥知らずなやつらだ……)

正面では、赤井が、浴衣の襟元から手を差し込んで、樹里の乳房をまさぐりはじめた。

そして、あのかわいくていい子に見えた樹里が、赤井の股間に手を伸ばし、浴衣の前を割って、下腹部のものを握りしごいているのだ。

キスをやめた赤井が寛之たちを見て、言った。

「おい……そのまま何もしないのなら、お前らは嘘っぱちの関係ということになるぞ。そうだよな。考えたら、安西が遥香ちゃんのような美人を恋人にできるわけがないものな」

それを聞いた遥香の表情がこわばった。

遥香にしてみれば、義父を揶揄《やゆ》されたことが耐えられなかったのだろう。

寛之のほうを向いて、しがみついてきた。

「いいんですよ。キスして……あの人に馬鹿にされて、悔しい……」

うなずいて、寛之は遥香の顔を挟み付けるようにして、唇を重ねた。

すると、遥香も情熱的に唇を吸い、舌を差し込んで、からめてくる。

奇妙な感じではある。

同期の三人が旅館の食事処で、お互いの相手とキスを交わしている。

だが、遥香には二人は正真正銘の恋人同士であることを証明したいという気持ちが強いのだろう。

「ぁあああ……寛之さん。好き……大好き」

みんなに聞こえるように愛の言葉を口にして、唇を合わせ、唾液を送り込みながら口腔を舐めてくる。

樹里への対抗意識があるのか、寛之の浴衣の前を手で割り、ブリーフの上から肉茎をさすってくる。

遥香が負けず嫌いであることはわかっていた。だが、これほどとは——。

こうなったからには、寛之も遥香に協力して、二人が強い絆《きずな》で結ばれていることをみんなに知らしめたい。

寛之も、浴衣の胸のふくらみを揉みしだいた。袢纏をはおっていて温かいからだろう、遥香はブラジャーをつけていなかった。

浴衣越しに揉みあげているうちに、頂上の突起がそれとわかるほどに浮き出してきて、そこを指腹でくにくにとこねると、

「んんっ……んんんっ……ぁあぁぁ」

キスをしていられなくなったのか、遥香が唇を離して、顔をのけぞらせた。

洗い髪を後ろで結った遥香は、気持ち良さそうに顔を反らしながら、寛之の股間を気持ちを込めてなぞってくる。

（……ダメだ。勃《た》ってきた）

寛之は湧きあがる快感のなかで二組に目をやると、赤井は樹里の浴衣をもろ肌脱ぎにして、あらわになった、控え目だが形のいい乳房の頂上にしゃぶりついていた。

そして、松本は久美子の背後から手を襟のなかに差し込んで、乳房を揉みしだきながら、上を向いた久美子とキスを交わしている。

（何てやつらだ。もし仲居さんが来たら、どう言い訳するんだ？）

臆病な寛之はこの状況になっても、まだどこか乗り切れないでいた。

しかし、下半身は別人格のようで、遥香のしなやかな指で撫でられて、ギンギンに硬化していた。

「ああ、寛之さん……これをお口でしたい」

遥香が耳元で、寛之にだけ聞こえる声で囁いた。

「口でって……ダメだよ」

「だって、悔しいわ。赤井さんにあんなふうに言われて……わたし、絶対にあの人の鼻をあかしたいの」

遥香が体重を預けてきたので、寛之は後ろに倒れた。

と、ブリーフが引きさげられて、恥ずかしいものがぶるんっと転げ出てきた。

「あっ……」

思わず屹立を隠した手を、遥香がやんわりと外した。

次の瞬間、分身が温かい口腔に包み込まれていた。

「くっ……おい……」

二人のしていることに気づいたのか、赤井と松本がびっくりしたようにこちらを見ている。

「おい……ダメだって……ぁああ、おおぉぉ」

寛之は途中で言葉を失った。遥香が「んっ、んっ、んっ」と激しく顔を打ち振って、肉棹に唇をすべらせてきたのだ。

どうしてだろう。衆人環視《しゆうじんかんし》のなかで、息子の嫁にフェラチオしてもらっていることが、途轍もなく気持ち良かった。

普通、男は警戒心が強いから、誰かに見られていては昂奮しない。そう思っていた。

しかし、違った。

遥香に大胆に唇でしごかれ、睾丸をあやされると、思ってもみなかった快美感がふくれあがってきた。

同期ながら、今は寛之が仕事の地位では一番下である。そんな自分が上位の二人に、フェラチオされるのを見せつけている——。

溜飲が下がったような、優越感があるのだろう。寛之は両肘を突いて上体を起こして、二人を見た。

すると、赤井はライバル心をかきたてられたのか、自分も樹里に咥えさせようとする。樹里も遥香を見て、赤井の股ぐらに顔を埋めて、そそりたつ青龍刀《せいりゆうとう》を頬張った。

こうなると、久美子も女として負けていられないと感じたのだろう。松本を立たせて、その前にしゃがんで、日本刀のような屹立をしゃぶりだした。

と、赤井が馬鹿な提案をした。

「よし、こうなったからには、彼女の口にドバッと出そうじゃないか。早く出したカップルが勝ちだ。勝利したカップルは、ここの旅館代を免除しようじゃないか」

宣言して、赤井は腰を振って、怒張を樹里の口に叩き込む。

そんな馬鹿な提案に寛之はまったく乗り気ではなかったが、遥香はその気になったようで、猛烈に肉棹をしごいてくる。

見ると、樹里も久美子も一心不乱に男のものを咥えている。

前代未聞のフェラチオ合戦だった。

食事処の個室が、淫靡な空気に満たされ、女たちの唾音と男たちの唸り声が聞こえる。

勝とうとしているわけではなかった。だが、遥香のいつも以上に濃密なフェラチオを受けて、寛之はすぐに切羽詰まってきた。

（ここは我慢する必要はないんだ。身を任せればいい……）

遥香が根元をきつめに握ってしごきながら、同じリズムで亀頭冠を頬張ってくる。

顔を激しく打ち振りながら、寛之を見あげてくる。

眉根を寄せた哀切な表情で、一心不乱に唇と指を動かす遥香の献身的な姿に、寛之は一気に高まった。

「おおぅ、出すぞ。遥香さん、出すぞ」

「んっ、んっ、んっ……」

「おおぅぅ、おおぅぅ……くぅぅ！」

吼えながら、寛之は放っていた。

精子の塊が勢い良く尿道口から迸って、遥香の口腔にしぶいていく。

そして、遥香は白濁液を溜め込むことなく、こくっ、こくっと低い喉音を立てて、嚥下《えんげ》してくれている。

呑み終えて、遥香は口角に付着した白濁液を指で拭いながら、得意げに他のカップルを見た。

二組は口内発射を目指して、滑稽なほどに一生懸命動いている。

してやったりという顔で見あげてくる遥香の髪を、寛之は愛情を込めて撫でさすった。

3

寛之は部屋の広縁にある籐《とう》の椅子にもたれて、ぼんやりと外を眺めていた。

十畳の間には二組の布団が少し離れて敷いてある。

寛之はすでに温泉から出ていたが、遥香はまだ入浴していて、もう少しすれば戻ってくるだろう。

そうなれば、このどちらかの布団で、二人は睦《むつ》み合うことになるだろう。

息子に申し訳ないという気持ちはある。だが、体のほうが遥香の素晴らしい肉体を覚えてしまっていて、下腹部のあたりにむずむずした掻痒感が滾《たぎ》りはじめている。

(俺はどうしてしまったのだろう?)

最初は、恋人作りのために、遥香にセックスの手ほどきを受けることが目的だった。いや、どんな事情があるにせよ、そもそも、息子の嫁にフェラチオを受けるなど、あり得ないことだ。

考えたら、あのときからもうこうなるのは目に見えていた。

お前は最低の義父だ——。

そういった天の声が聞こえないわけではない。実際に、こんなことが世間に知れたら、二人とも後ろ指を指されるばかりか、あの家にはいられなくなるだろう。

だが、自分ばかりでなく、光太も悪い。浮気をして、遥香を放っておく光太が一番悪い。

(しかし、さっき、遥香さんは大胆だったたな)

食事処で、貪るように分身を頬張ってきた遥香の唇と舌の感触が、まだ、下腹部に残っている。

同期会で愛人同伴旅行をするだけでもとんでもない蛮行《ばんこう》なのに、まさか、三組のフェラチオ合戦が行われるとは――。

寛之の思いはあっちこっちに飛び、千々《ちぢ》に乱れる。

(もしも、遥香さんが息子の嫁だとみんなに知れたら、どうなってしまうのだろう)

窓から見える中庭の、枝振りの見事な冬枯れの木々を眺めていると、静かにドアが開いて、遥香が入ってきた。

「遅くなりました」

部屋にあがり、濡れたタオルをタオル掛けにかけた。

広縁にやってきて、向かいの籐の椅子に腰をおろした。

部屋の明かりは絞ってあって、広縁のコーナーにある和紙の貼られた行灯風《あんどんふう》明かりが、遥香をぼんやりと浮かびあがらせている。

袢纏をはおって、幾何学《きかがく》模様の浴衣を身につけた遥香は、美肌の湯につかっていたせいか、顔の肌艶《はだつや》も良く、しどけない色香をたたえている。

「遥香さん」

「何ですか?」

「こんなことをしていて、いいんだろうか?」

「……いいんだと思います。わたしはそのときそのときの自分に素直に生きたいんです。将来のことは考えません。お義父さまもそうでしょ？」

「ああ、そうだ。そのとおりだ」

ぐちゃぐちゃと考えても仕方がない。遥香さんの言うように、今を生きればいいんだ——。

千々に乱れていた気持ちを整理して、寛之は立ちあがった。

遥香の前にしゃがみ、浴衣に包まれた膝に頭を載せると、湯上がりのミルクを沸かしたような芳香がする。

「二人のときはこう呼んでもいいですね。お義父さま、好きです」

「ああ、そう呼ばれると、いい感じだ。私も遥香さんが好きだよ」

寛之は浴衣越しに太腿に頬擦りし、それから、浴衣の前身頃をめくっていく。

肌の香りが増して、むっちりとした下半身が現れる。

お湯で温められた肌はところどころ桜色に上気して、太腿の合わさるところに縦長の黒々とした翳《かげ》りがのぞいている。

（ああ、ここが俺の故郷だ……）

顔を寄せていくと、左右の太腿がひろがって、迎え入れてくれる。

お湯の香りが強くなり、太腿がいっそうひろがって、柔らかな繊毛の流れ込むあたりに女の亀裂が見えた。

まだ触れてもいないのに、肉びらが開いて、複雑に入り組んだ赤い内部がぬらぬらと光っている。

「もう濡れてるぞ」

「だって、お義父さまが……」

遥香がぎゅうと太腿をよじりたてた。

「見えなくなってしまった……見せてくれ。遥香さんのいやらしいところを」

遥香が両足を籐椅子の肘掛けにあげたので、浴衣の前が完全にはだけて、下半身が丸ごとさらけだされた。

「ぁあぁ、すごいよ、遥香さん」

寛之が指を添えて狭間をなぞると、潤みが増して、ぬるっぬるっと指がすべる。

「あっ……あっ……」

遥香はもっと触ってとばかりに腰を前にせりだしてくる。

泥濘《ぬかるみ》に顔を寄せて、舌で割れ目を押し広げると、狭間の粘膜がまとわりついてくる。

そして、舌を縦に走らせる。

「ぁあぁ、ぁあぁ……気持ち良くなってしまう。どうして？　お義父さまとすると、どうしてこんなに気持ち良くなってしまうの。ぁあああうぅぅ」

遥香はあらわになった下腹部をせりあげ、濡れ溝を口に擦りつけてくる。

口許を蜜で濡らしつつ、寛之は女の泉にしゃぶりついた。

すると、遥香はいっそう強く腰を縦に振り、びちゃびちゃのとば口を押しつけて、

「ああ、わたし、どうにかしてしまったんだわ。だって、もうお義父さまが欲しいもの。ぁああ、欲しい。欲しいのよぉ」

遥香は寛之の後頭部をつかみ寄せて、狂ったように恥肉を突きあげてくる。

寛之は立ちあがり、浴衣の前をはしょって、半帯に留めた。

下着はつけていない。

まだ半勃起状態のものに、遥香は貪りついてきた。すでに足は肘掛けからおろしている。

もう我慢できないとでも言うように、一気に根元まで頬張って、ずりゅっ、ずりゅっと大きく顔を打ち振って唇でしごいてくる。

ぐぐっと喉まで切っ先を招き入れて、噎せながらも、もっと深くまで咥えられるとでも言うように、唇を陰毛に押しつけてくる。

「おおぉ、遥香さん。遥香！」

寛之のなかで、何かが弾けた。

ふつふつと湧き起こる欲望に、身をゆだね、遥香の後頭部を手で引き寄せながら、つづけざまに腰を突き出していた。

潤んで細められた双眸《そうぼう》を見おろしながら、さらに、腰をつかって屹立を喉めがけて打ち込んでいた。

どうして、こんなことをしているのか？　愛する女を苦しめるようなことをしながらも、自分は昂っている。

だが、遥香が「うぐ、ぐぐっ」とえずいているのを見て、可哀相になり、あわてて分身を引き抜いていた。

横隔膜《おうかくまく》を震わせている遥香に、

「ゴメン。悪かった……」

謝ると、遥香は首を横に振った。

「いいんです。今夜はわたしは受身でいたい。これまでは、わたしからお義父さまを……」

「ああ、言っていることはわかるよ」

「だから、今夜はお義父さまに攻めてほしい。お義父さまのしたいことをしてください。遠慮は要りません。たぶん、そのほうがわたしも……」

「そ、そうだな」

遥香はこれまで寛之に教えるために、もしくは慰めるために自分で動いていた。しかし、やはり女性というのは受身で、男に攻められて、とことん感じたいのだろう。我を忘れたいのだ。

「できるかどうか、わからないけど、やってみるよ」

寛之は腰を屈めて、遥香の唇を奪い、舌を押し込んだ。

すると、遥香も喘ぐような息づかいで、舌をからめてくる。

体の底から熱い思いが込みあげてきて、寛之は舌を吸い、まとわりつかせ、そして、浴衣の襟元から手をすべり込ませた。

遥香の乳房は温かくて、手のひらが沈み込むような柔らかさに満ちていた。

指に触れた突起をこねると、

「んっ……んっ……ぁああ、お義父さま、ダメっ……」

遥香は唇を離して、寛之にしがみついてくる。

「これが、欲しい……」

上目遣いに見あげながら、股間のイチモツを握った。

「よし、こっちに……」

寛之は遥香の手を取って、和室に連れていき、腰紐を外して、浴衣を脱がせた。

生まれたままの姿になった遥香は、ここ最近ますます色っぽくなった裸身をさらし、膝を斜めに流して、布団に座っている。

寛之も着ているものを脱いだ。

「まるで遥香さんと、新婚旅行に来ているみたいだよ」

そう口に出した途端に恥ずかしくなった。

「ふふっ、わたしもです。でも、考えたらそのとおりだわ。わたしたち、これから新婚生活を送るんですもの。そうでしょ？」

遥香の言葉にドキッとしながらも、

「ああ……」

と答える。

「……抱いてください」

うなずいて、寛之は遥香をそっと寝かせて、キスをする。

赤く濡れたような唇に唇をかぶせ、舌をからめながら、胸のふくらみを揉みしだいた。

すでに昂っているのか、たわわな乳房はしっとりと汗ばんで、乳首も驚くほどにしこり勃っている。

遥香は寛之の顔をかき抱き、身体を重ねている寛之の腰に足をからみつかせて、翳りの底の湿地帯を押しつけてくる。

その欲望をあらわにした所作《しょさ》が、寛之をいっそうかきたてる。

唇をおろしていき、尖った顎のラインから首すじへと舌を這わせ、さらに、肩へとキスをおろしていく。

「あっ……あっ……」

のけぞる遥香のあらわになった首すじの曲線が悩ましい。こんな繊細で美しくエロティックな首すじは女性だけが持つものだ。

寛之は首すじを舐めあげていき、顔を横向かせ、髪をかきわけて耳たぶにキスをする。ふっくらとした福耳を舐めしゃぶり、光沢を持つ巻き貝のような中耳にフーッと息を吹きかける。

「ああああ、んんっ……ぞくぞくします」

寛之は耳たぶが唾液でべとべとになるまで丹念に舐め、そして、中耳の孔に丸めた舌先をすべりこませる。

「んっ……あっ、それ……やっ、あっ、あっ、んんんっ」

くすぐったさが快感に変わったのか、遥香がぶるっ、ぶるっと震える。

「遥香さんはどこもかしこも感じるんだね。全身が性感帯だ」

耳元で囁くと、遥香は恥ずかしそうにうなずく。

「よし、次はオッパイだ。遥香さんがすごく感じるところだ」

そう言って、寛之は左右の乳房を揉みしだきながら、向かって右側の乳首にしゃぶりついた。

二段式に盛りあがった乳暈の粒々が目立ち、ピンクを残した乳首が遥香の気位の高さを象徴するように、誇らしげに上を向いている。

すでにカチカチの突起を丹念に舐めしゃぶった。

上下に舌を這わせ、左右に弾く。

そうしながら、もう片方の乳首を指に挟んで転がすと、遥香はこれが感じるのだろう、

「ぁああ、ぁああ……」

と、低い本気の声で喘いで、胸をよじり、顎をせりあげる。

首すじをいっぱいにのけぞらせて、後頭部をシーツに擦りつけるように悦びを現す

遥香は、下から眺めていても、これ以上はない官能美を体現していた。

寛之はどう乳首を攻めれば、遥香がもっとも感じるかをわかっている。

左右の乳首を舐めて唾液で濡らしてから、両方の乳首を左右の指先でかるく押して、こねまわした。

たぶん、この乳首を押しつぶされるような圧迫感がいいのだろう。

「ぁああ、ぁあああんん……」

遥香は両手を万歳するように頭上にあげて、歓喜の喘ぎをこぼし、腰を微妙にくねらせる。この前抱いた暁美に反応が似ていると感じた。ならば、こうすればもっと感じるはずだ。

寛之は両の乳首を指でつまんで、くりくりと左右によじる。乳暈からいたいけにせりだした乳首が千切れんばかりにねじれ、付け根もよじれて、

「ぁああ、それ……ぁああ、ぁあああ、いいのぉ」

遥香は首を左右に振り、下腹部の翳りももどかしそうに押しあげる。

「乳首を攻められると、あそこも感じるんだね？」

「はい……きゅんとして、うずうずして、欲しくなる。太くて硬いものを入れてほしくなるの……ぁああ、いや、わたし……」

遥香が恥ずかしそうに顔をそむける。

耳たぶを赤く染めている遥香を見ながら、乳首をつまみあげて、そこで、くりっ、くりっと左右にねじる。伸びきった乳首がもぎとれそうなほどによじれて、

「ぁあああ、あっ……あっ……いや、いや……あっ、あっ……あうぅぅ」

遥香は顔を大きくのけぞらせ、がくん、がくんと震える。

ここぞとばかりに寛之は片方の乳首にしゃぶりつき、根元をきゅっと甘嚙みする。そうしながら、もう一方の乳首をサイドから圧迫した。

「ぁああ、ぁああ、それ……あっ、あっ、ぁああぁぁぁ」

遥香は気を遣るのではないかと思うくらいに逼迫してきて、頭上にあげた手指でシーツを引っ掻き、下腹部をぐぐっ、ぐぐっと物欲しげにせりあげる。

そのとき、ある考えが閃《ひらめ》いた。だが、しかし……。いや、遥香は攻めてほしいと言った。したいことをしてくれたら、うれしいとまで言った。

寛之は遥香の上体脇に膝を突き、ぐっと前に屈んだ。

両腕を頭上にあげている遥香の顔面に、寛之のいきりたちが押しつけられた。

「遥香さん、舐めてくれ。しゃぶってくれないか？」

怒張している肉棹の先を口許に擦りつけると、遥香は口をいっぱいに開いて、それ

を受け入れ、唇を窄めて頰張ってくる。

懸命に唇をすべらせようとするものの、体勢的に難しい。ならばと、寛之は前に両手を突き、のしかかるようにして、腰をゆったりと上下に振った。

自分でも誇らしいほどにいきりたった肉柱が、遥香の口腔を出入りして、柔らかな唇がぴっちりとまとわりついてくる。

きっと苦しいだろう。だが、それを乗り越えて、寛之の分身にしゃぶりついてくる遥香に、無上の愛おしさを感じる。

ジュブッ、ジュブッと唾液があふれでて、口角に泡が付着する。

遥香は自ら右手で左の手首を握りしめ、その姿勢でうっとりと眉根をひろげ、眉尻をさげて、もたらされる愉悦を享受《きようじゆ》しているように見える。

いったん肉棹を外すと、遥香は裏筋に舌を走らせ、皺袋をも舐めてきた。

「あああ、ぁあああ……」

と、惚《ほう》けたような声を洩らしつつも、懸命に袋をあやし、さらには、睾丸を頰張ってきた。しかも、両方である。

普通ではとても口に入らないような左右の金玉を口におさめ、あむあむと頰張り、舌をからみつかせてくる。

無上の悦びが、ひろがってくる。

(俺はこの女のためなら、何でもできる)

五十二歳になって、これほどひとりの女に夢中になれる自分が不思議であり、また、誇らしくもあった。

4

二人は布団の上で横臥して、反対側を向き、お互いの足の間に顔を埋め込んで、性器に舌を走らせていた。

側臥のシックスナインである。

寛之は遥香の足を大きくひろげ、潜り込むようにして女陰を舐める。そして、遥香も横向きになり、寛之の勃起に懸命にしゃぶりついている。と、そのとき、

『あん、あああんっ、あんっ……』

どこからか、女の喘ぎ声が聞こえてきた。若い声だ。

どうやら、右隣の部屋からのようだ。壁を通して、聞こえてくるのだろう。それだけ、女が激しく喘いでいるということだ。

右隣は、赤井と樹里の部屋だった。

「樹里さんの声みたいだな」

「そうですね……樹里ちゃん、かわいいのにこんないやらしい声をあげるんですね」

「遥香さんだって、そうだよ」

言うと、遥香は恥ずかしそうに目を伏せた。

寛之はふたたび、媚肉にしゃぶりつく。

狭間の粘膜に舌を走らせ、肉芽を弾くと、遥香も隣室の声を聞いて昂ったのか、もどかしそうに腰をくねらせて、

「ぁあああ、あああ……欲しい。お義父さま、これが欲しい」

唾液まみれの肉柱を握りしごいてくる。

寛之も気持ちが昂っていた。一刻も早く、遥香の体内に猛りたった分身を埋め込みたかった。

女体を仰向けにして、膝をすくいあげた。

猛りたつものを女の亀裂に擦りつけると、すでにとろとろに溶けた恥肉がからみついてくる。

「ぁああ、ください……お義父さま」

遥香が下から哀切な目で見あげてくる。

ぐいと腰を突き出すと、切っ先が窮屈なとば口を突破して、女の坩堝に潜り込んでいって、

「ぁあああ、いい……くぅぅぅぅ」

遥香が顎を突きあげる。

「おおぉ、すごいよ。遥香さん、ぎゅんぎゅん締まってくる。何箇所かが締めつけてくる……たまらない」

この前、遥香と身体を合わせてから、時間が経過している。その間、ずっとこの瞬間を求めていたのだという気がしてきた。それほど、遥香の膣と寛之の勃起はぴったりと合う。

根元までおさめてじっとしていると、蕩けた肉襞が抽送をせかすようにざわめき、時々、きゅいっ、きゅいっと内側に手繰《たぐ》りよせるような動きを示す。

(これを味わえれば、もうどうなってもかまやしない)

五十二歳にもなって女に夢中になる男を、他人は軽蔑するだろうか？　色狂いと蔑《さげす》むのだろうか？

いや、五十路を過ぎて人生を折り返してしまったことを意識しているがゆえに、大

切なものがわかるのだ。

色狂いと蔑まれてもいいではないか。

寛之だっていつぽっくり逝《い》くかわからない。現に、会社でともに働いていた同僚の何人かが、それまで元気が良かったのに、突然、亡くなっている。

彼らは死ぬ直前何を思っただろうか？　死んでも惜しくはないと思えるほどの至福を味わったのだろうか？

寛之は今のこの瞬間を至福としたい。これ以上ない悦びとしたい。

膝をつかんで押さえつけ、屈曲位の形で腰を叩きつけた。

とろとろに蕩けた肉路を、それとわかるほどに怒張して、張りつめた寛之の分身がこれでもかとばかりに押し広げ、天井のＧスポットを雁首が擦りあげて、

「あっ、あっ、ぁあああああ、いい！」

遥香がのけぞりながら、両手でシーツを鷲づかみにした。と、そこに、

『ああああ、届いてる。硬いオチンチンが届いてる……あんっ、ああんっ、あんっ』

隣室からの樹里のさしせまった喘ぎが漏れ聞こえてきた。

「あああ、きっと聞こえているわ。わたしの声も隣に聞こえてる」

「いいじゃないか。聞かせてやろう。お互いさまだ。そうら、イクぞ」

どちらかというと臆病で慎重だった自分が、どんどん変わってきているのを感じる。遥香の膝をM字に開かせ、腹に押しつけるようにして、屹立を押し込んでいく。

「そうら、遥香さん、見えるだろ？」

言うと、遥香が顔を持ちあげて、結合部分に目を遣り、

「見えます。ああ、お義父さまの大きなものが、わたしを貫いているわ。ぁああ、すごい、すごい……ぁあああ、あんっ、あんっ、ぁああんっ」

遥香が甲高い喘ぎを放ち、そこに隣室の樹里の切羽詰まった声がかぶさってくる。

遥香が叫ぶ「お義父さま」という言葉が、隣に聞こえるかもしれないが、この期《ご》に及んではもう気にしてもしょうがない、最高の快楽を得るためだけに集中しようと寛之は思った。

赤井だってきっと若い恋人を前に、死に物狂いで頑張っているのだ。すべてを絞り出して、腰を振っているのだ。

(そうさ、この歳になっても男は男。いや、五十路を過ぎてからが、男の見せ所だ)

寛之は膝を離して覆いかぶさっていく。

唇を奪い、乳房に貪りつき、乳首を吸い、そして、腕立て伏せの形で腰を叩きつける。

遥香は乱れた髪を振り乱し、眉根を寄せ、寛之の突いた腕にしがみつくようにして、ぐぐっ、ぐぐっと胸をせりあげる。

たわわな乳房がゆっさゆっさと揺れ、二つの乳首が天に向かってそそりたっている。

「ぁああ、ぁああ……」

遥香は夢遊病者のような声を長く伸ばして、もたらされる歓喜を味わい尽くしている。

ずいっと打ち込むたびに、切っ先が子宮口に届き、恥丘に陰毛が重なった状態で、寛之は切っ先でその奥をこねる。

と、遥香の気配が変わった。

「ぁああぁ、そこ……いい、いい……押してください」

「そうら、ここか？　ここか？」

寛之は下腹部を押しつけたまま、ぐりぐりと子宮口をこねまわす。

「ああ、そこ……へんなの、へん……ぁああ、来る……来るわ」

遥香が腕をぎゅっと握った。

寛之はその手を頭上にあげ、上から押さえつけながら、前に体重をかけた。

すると、遥香は腋の下をさらし、すべてを男にゆだねる形になって、寛之は遥香を支配している気になり、一気に昂った。

「遥香さん、イクぞ。遥香さんのなかに出すぞ」

「ああ、ください。お義父さまをください……なかに、ください！」

「よし、くれてやる」

寛之は遥香の手を頭上に押さえつけたまま、ぐいっ、ぐいっと腰を叩きつける。

「あん、あん、ぁあんん……」

足をM字に開いて、切っ先を奥へと招き入れながら、遥香は組み敷かれた格好で、歓喜の声を放つ。

寛之も遥香の悦びと同化していた。遥香の喜悦が寛之をさらに高みへと押しあげてくれる。

色狂いと蔑まれてもいい。二人がひとつになるこの瞬間があれば、世間の目などうでもいい。

送り込む亀頭冠に、奥のほうのまったりとしたふくらみがからみついてきて、寛之もにっちもさっちも行かない至福へと押しあげられる。

「あん、あん、あんっ……イク……お義父さま、イッちゃう……ぁああ、ああうぅ」

遥香が仄白《ほのじろ》い喉元をいっぱいにさらして、激しく胸を喘がせた。

「そうら、遥香……一緒だ。一緒にイクぞ」

寛之は腕を押さえつけたまま、たてつづけに腰を打ち据えた。

ひと突きするごとに、歓喜がふくれあがってくる。

「ぁああ、ぁああ……イク、イク、イグ、イッちゃう……！」

「そうら、遥香。出すぞ、俺も出す……おおぉぉ」

「あん、あん、あんっ……イク、イグ……」

「そうら、イケ」

寛之が遮二無二腰を叩きつけたとき、

「やぁああああぁぁぁぁぁぁぁ……はうっ！」

遥香がのけぞりかえった。

膣肉がオルガスムスの収縮をするのを感じて、駄目押しとばかりに奥まで打ち込んだとき、寛之も至福に押しあげられた。

蓄えられていたエキスが、遥香の子宮に向けて迸り、それを感じたのか、遥香がのけぞりながら痙攣した。

「あっ……あっ……」

汗みずくになった裸身が不規則な動きをして、寛之も誘われるように男液を絞り出す。

恥丘に下腹部を押しつけながら、寛之は快美な稲妻《いなづま》が背筋を走り抜け、脳天が震えるのを感じる。

まるで、体内のネエルギーを吸い取られていくようだ。

これ以上の快感が、寛之の残された人生であるとは思えなかった。それほどに凄まじい圧倒的な悦びだった。

出し尽くして、寛之はごろんと、すぐ隣に横になる。

しばらく、気絶したかのように横たわっていた遥香がすり寄ってきたので、寛之は腕枕をする。

もう言葉は要らなかった。

しかし、どんなときでも射精の後は虚しくなる。それを押し止めようとして、遥香の髪にちゅっとキスをする。

「好き、お義父さま……」

遥香がぎゅっと抱きついてきた。

そのとき、テーブルに載っていた遥香のスマートフォンが呼び出し音を立てた。

「……光太からだろう。きっと心配してかけてきたんだ。出たほうがいいよ」

「いいんです。出なくても」

遥香がぽつりと言った。

「いいのか？」

「はい……いいんです。わたしにはお義父さまがいるから」

そう言って、遥香は胸板に頬擦りしてくる。

「どうなっても知らないぞ」

「はい……どうなってもかまいません」

「そうか……ならいい」

いったん切れたケータイが、しばらくすると、また呼び出し音を響かせた。

「お義父さま、キスして」

「わかった」

唇を重ねて、舌をからませる。

二人が生まれたままの姿で肌を重ね合うそのすぐ近くで、ケータイの呼び出し音だけが虚《うつ》ろに鳴っている——。


（了）

※本書は二〇一五年八月に刊行された竹書房ラブロマン文庫『嫁の手ほどき』の新装版です。

＊本作品はフィクションです。作品内に登場する人名、
地名、団体名等は実在のものとは関係ありません。

長編小説

嫁《よめ》の手《て》ほどき <新装版>

霧《きり》原《はら》一《かず》輝《き》

2024年5月27日　初版第一刷発行

ブックデザイン…………………… 橋元浩明(sowhat.Inc.)

発行所………………………………… 株式会社竹書房
〒102-0075　東京都千代田区三番町8－1
三番町東急ビル6F
email：info@takeshobo.co.jp
https://www.takeshobo.co.jp

印刷・製本……………………… 中央精版印刷株式会社

■定価はカバーに表示してあります。
■本書掲載の写真、イラスト、記事の無断転載を禁じます。
■落丁・乱丁があった場合は、furyo@takeshobo.co.jpまでメールにてお問い合わせ下さい。
■本書は品質保持のため、予告なく変更や訂正を加える場合があります。